KEITAI
SHOUSETSU
BUNKO
野いちご SINCE 2009

溺愛王子は地味子ちゃんを甘く誘惑する。

ゆいっと

JN032116

○ STARTS
スターツ出版株式会社

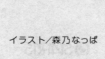

イラスト/森乃なっぱ

「みーつけた。俺だけのお姫様」
ある日突然
クラスの王子様に構われるようになりました

「メガネ外してもいい？」
「だ、だめですっ……」
クラスの隅っこで平和に過ごしていたのに
「乃愛がいやがっても、
やめてあげないから覚悟しておいて」
「ごほうび、ちょーだい？」
「一緒に寝よっか」
甘い言葉で誘惑して私を翻弄するから
「乃愛、こっちおいで」
じわりと広がった甘い蜜は体中を埋め尽くして

「凪、くんっ……すき……です」
気づいたときには、もう手遅れでした

溺愛王子は地味子ちゃんを甘く誘惑する。

人物紹介

バスケ部エースの
イケメン

新城 凪
しんじょう　なぎ

学校イチモテる人気者。バスケ部エースで、嶺亜の親友。地味子だけどけなげで一生懸命な乃愛を意識するように。本当の姿を知って溺愛は加速していって…。

ホントは美少女の
地味子

藤森乃愛
ふじもり　のあ

過去に先輩に目をつけられてから、地味子の姿で目立たないよう暮らす美少女。イケメンで人気者の凪に構われるようになってから、ドキドキの連続！

藤森嶺亜
（ふじもりれあ）

乃愛の双子の兄で凪の親友。イケメンで凪と同じくらいモテるけど、中学からの彼女の萌花ひとすじ。

水島萌花
（みずしまもか）

乃愛の親友でクラスメイト。おっとりしていて優しくてかわいい、モテ女子。嶺亜と付き合っている。

河村真帆
（かわむらまほ）

乃愛たちの高校に転入してきた、凪の中学の頃の同級生。凪とは過去になにかあったみたいで…。

黒澤昂輝
（くろさわこうき）

乃愛のクラスに来た教育実習生。イケメンで女子に大人気だけど、意外に腹黒。乃愛の本当の姿に気づく。

☆ contents

＊ LOVE♡1 ＊

泥棒さん……？

「きゃああああっ!!!」

　お風呂からあがり、着替えを済ませ脱衣所を出た私——藤森乃愛は、ひっくり返りそうになってしまった。

　だって！

「だ、誰っ!?」

　目の前に知らない男の人がいたんだもん！

　お風呂は私の大好きな時間。

　マッサージをしたり、本を読んだりしてゆっくり過ごすの。

　今日はお気に入りのバスソルトを入れて、ローズの香りがするピンク色のお湯にゆっくり浸かった。

　いつもより長風呂だったかな？と思いながらもリラックスできて、いい気分で出たんだけど——。

　ど、泥棒……っ!?

　私は肩から下げたバスタオルを胸元でぎゅっと抱きしめた。

　ばっくんばっくん。

　ゆったり落ち着いたはずの心臓が、激しく暴れだす。

　いつもかけているメガネは、パジャマのポケットに入れたまんま。

　目が悪すぎてハッキリ見えないけれど、そのフォルムはお父さんでもお兄ちゃんでもない。

　今は夜の8時過ぎ。

　もう家族全員帰っているから鍵(かぎ)もしっかりしまってるはずなのに、どっから入ってきたの!?

　しかも、こんなに堂々と家の廊下(ろうか)を歩いているなんて信じられない。

「そっちこそ、誰？」

　泥棒さんの怪訝(けげん)そうな声が聞こえた。

「ひっ……」

　こんなに堂々と相手を確認する泥棒なんている!?

　こ、こわいっ。

　でも抵抗(ていこう)しなければ、襲(おそ)われたりしないよね？

　ここは相手を刺激(しげき)せずに逃げた方がよさそう。

「し、失礼しますっ！」

　私はゆっくり足を進めその人をすり抜(ぬ)けて、階段をダダダッとあがった。

　めがけたのは、お兄ちゃんの部屋。

　お兄ちゃん——といっても、双子(ふたご)だから同い年なんだけどね。

　——バンッ！

　ポケットから取り出したメガネをかけて、勢(いきお)いよく嶺亜(れあ)の部屋のドアを開けた。

「嶺亜っ！　大変大変っ！」

　泥棒さんに聞こえたらまずいし、小声で助けを求める。

　リビングにはお父さんもお母さんもいるし、変に騒(さわ)ぎ立てるとふたりが狙われちゃうかもしれないから。

「え、どしたの？」

　ベッドでのんびりくつろいでいた嶺亜が、がばっと起き上がる。

　突然の私の乱入に、びっくりしてるみたい。

「し、ししし下に変な人がいたの！」

「え？　変な人？」

「そう、きっとどろぼー……」

「嶺亜ー、これでいいの？」

　そのとき後ろから声がして、ニョキっと人影（ひとかげ）が現れた。

　……え？

「きゃああああっ!!!」

　振り返って、再び雄（お）たけびをあげてしまった。

　だって、入ってきたのはさっきの……泥棒さん……!?

　今はメガネをかけているから、顔がはっきり見える。

「おう、凪サンキュー……って、どろぼーって？」

　嶺亜は首をかしげてる。

「えっ……？」

　嶺亜に、コーラのペットボトルを渡しているのは……。

「新城（じんじょう）、くん……？」

「こんばんは、藤森さん」

　クラスメイトの、新城凪くんだった。

　ど、どうしてここに新城くんが？

「コイツ、今日泊まるからよろしく」

　嶺亜は、新城くんを示しながらさらっと言った。

「えっ？　そうなの？」

「お邪魔してます」

　新城くんがニコッと笑う。

　えっ。もしかして、さっき見たのは新城くんだったの!?

「な、なんだ……」

　そうとわかれば気が抜けて、私は崩れ落ちるように床に
ぺたんと座った。

　新城くんはとにかくイケメン。

　身長は176センチある嶺亜よりも高くて、校内でもモテ
モテで有名な人。

　目も鼻も口も。少女漫画のヒーローを再現したような
パーフェクトな造り。

　薄茶色の瞳がどことなく柔らかさを演出していて、つい
た異名は王子様。

　バスケ部に入っていて運動神経も抜群だし、テストでも
いつも成績上位者として名前が載っている。

　GW明けに髪色を赤く染めてきて、「激似合ってる！」っ
て、女の子たちが騒いでたっけ。

　同じクラスになって１ヶ月ちょっと経つけど、まだ私は
まともにしゃべったことはない。

　パーフェクト人間すぎるから、恐れ多くて近づけないん
だ。

「つーか、泥棒ってなに？　おまえ泥棒だってよ。ぎゃは
ははは」

　新城くんを見て、手をたたきながら爆笑する嶺亜。

　そうだった……！

　私ってばとんでもない誤解をしちゃったんだっ。

　ぶわっと顔が熱くなる。

「す、すみません……」

　肩をすぼめながら、新城くんに謝った。

　泥棒に間違えるなんて失礼すぎるよね。

「いやこっちこそ、ごめん。ちょうど藤森さんが出てきたところに俺が通りかかったから、びっくりさせちゃったんだね」

「あー、乃愛って風呂上りいつもメガネかけてねーもんな。見えなかったのか」

　私はこくんこくんと何度も首を縦におろす。

　だいいち、新城くんが泊まりに来てるだなんて、知らなかったもん。

　そういうことは、ちゃんと言っておいてくれないと。

「藤森さんて面白いね」

　新城くんは、切れ長の涼しげな目元をふっと緩める。

　薄茶色のきれいな瞳が、私を見つめる。

　──どきっ。

　そんな視線に耐えられなくて。

「お、お騒がせしました……し、失礼します」

　私は立ち上がり、嶺亜の部屋を後にした。

　ふー。びっくりしたなぁ、もう。

　嶺亜もバスケ部に入っているけど、新城くんと友達、しかも泊まりに来るような仲だなんて知らなかったよ。

　兄の嶺亜は、妹の私から見てもすごくかっこよくて、モ

テる。

　学校では、嶺亜と新城くんが美形2トップなんて言われてるし。

　嶺亜は中性的な顔立ちで、人当たりがよくてフレンドリーだから、誰とでもすぐ友達になれちゃうタイプ。

　今まで友達作りに苦労したことはないんじゃないかな。

　反対に妹の私は、地味で人見知りが激しいせいか、ごくわずかなお友達しかいない。

　双子なのに、どうしてこんなに違うのかなって思うほど。

　いいところ、全部嶺亜に持っていかれちゃったみたい。

　壁を隔てて、嶺亜と新城くんの声が聞こえてくる。

　なにを喋っているかまではわからないけど、男の子の声は低くてよく響くから。

　嶺亜は時々友達を家に呼ぶけど、泊めるのは初めて。

　兄の友達といっても、私にとっては同級生だから、ちょっと緊張しちゃうよ。

　どうして嶺亜の妹がこんなに地味なんだって、みんな思ってるはず……。

　新城くんだって、さっき私を見て「誰?」って言ったよね。

　仮にも同じクラスなのに……。

　私って、そこまで存在感がないのかな。

　地味にショックだなあ。

　なんとなくモヤモヤしたまま、髪にドライヤーをブォォォォンとかけた。

　翌朝。

「お母さんおはよう」

　声をかけながらリビングに入ると、お母さんはキッチンで朝ご飯を作っていた。

「おはよう。今日は嶺亜の友達もいるからホットケーキにするわよ」

「わあっ、嬉しい！」

　家の朝食は和食が多い。

　だから、朝からホットケーキが食べられるなんて、新城くんに感謝だなあ。

　私は昨日の夕飯の残りを中心に、お弁当箱におかずを詰めていく。

　あとは、卵焼きを作って、プチトマトを入れれば完成。

　お母さんも働いているから、お弁当は自分で作るようにしているんだ。

　嶺亜は学食で食べるから、お弁当は持っていかない。

　お弁当を作り終えると、洗面所で髪を結んだ。

　黒くて長い髪は、耳の下でふたつ縛り。

　前髪は重たくて少し目にかかっている。

　その影響もあってか、視力はどんどん悪くなってレンズも厚くなってしまい。

　おかげでメガネをかけると目は豆みたいに小さくなっちゃう。

　私の髪型が『昭和感がやばい』と陰で言われているのも知ってる。

　でも、この髪型をやめないのには理由があるんだ。

　あれは中学に入学してすぐのことだった。

　みんながしているように、私も髪の毛を下ろして登校していたんだけど、あるとき女の先輩に呼ばれて言われたの。

　『アンタ、目立ちすぎてウザい』って。

　もともとひっこみじあんだから、目立ってたわけもないし、どうしてそんなことを言われるのかわからなかった。

　でも、その後も廊下ですれ違ったりするたびに睨まれるから、自然と顔はうつむきがちになって。

　私の何がいけないのかわからなくて、どんどん自信がなくなっちゃったんだ。

　だから、なるべく顔が見えないように、前髪も長くして。

　目が悪くなりだしたときに選んだのはコンタクトじゃなくてメガネだった。

　メガネが、目の前に壁を作ってくれているみたいで安心したの。今ではかけていないと落ち着かないくらい。

「よし、できた」

　鏡の中に、いつもの自分が完成した。

　こんな地味な私が、キラキラの新城くんに相手にされるわけなくて、それが証拠に話したのは昨夜が初めて。

　おまけに泥棒扱いしちゃって。

「はあ……」

　変なヤツって思われただろうなあ……。

　リビングへ戻ると、「おはようございます」と、ちょうど2階からおりてきた新城くんが挨拶をしているところ

だった。

　わっ……！

　思わず、足を止めちゃう。

　制服を着て、髪の毛はいつも学校で見るような無造作ヘ
アが完成している。

　おはようって、言った方がいいのかな……。

　でも、これから一緒に朝ご飯を食べるんだから、無視す
るのもへんだよね。

「おはよう。よく眠れたかしら～？」

「はい。お布団がふかふかで気持ちよかったです」

「あらそ～、それはよかったわ。昨日はお天気も良かった
から、ちょうど干したところだったの」

　お母さんのテンションが高いのは、きっと新城くんがイ
ケメンだから。

　お母さんってば、イケメン大好きだもんね。

　嶺亜がイケメンなのも自覚していて、度々アイドルの事
務所に履歴書を送ってる。

　もちろん書類審査は通過するけど、嶺亜はそういうのに
まったく興味がないから、そこで話が終わっちゃうんだ。

　街を歩いていても、小さいころから嶺亜はよくスカウト
されていた。

「あ、おはよう藤森さん」

「お、おはようございます……」

　先に新城くんに言われちゃった。

　笑顔がまぶしくて、顔がまっすぐ見れない。

　うつむいたままボソッと返した。

「はよ〜」

　そこへ、まだ眠たそうな顔をした嶺亜もやってきた。

　嶺亜はまだ準備が整ってなくて、髪も爆発している。

　こんな姿を学校の女子が見たらどう思うか。

　それでもイケメンが隠せていないのがすごい……！

「お前、頭ヤバいな」

　どきっ！

　思わず新城くんを見上げてしまったけど、彼の視線は嶺亜。

　ほっ……。

　私に言われてるのかと思って、ひやっとしちゃった。

　だって、ヤバいのは自覚しているし。

「いーんだよ」

　笑いながらふたりがテーブルに着く。

　イケメンがふたりそろうと圧巻だ。

「じゃ、食べましょ！」

　お父さんは朝が早く、私が起きるころにはもう出勤している。

　いつも3人の朝の食卓が、今日は4人。

「いただきまーす」

　出来立てのホットケーキはふわふわですごく美味しかった。

　メープルシロップをかけて、ホイップものせちゃおう。

　カロリーは、この際無視無視！

　パクリ。

　うわ～美味しい。

　甘いものって最強だよね。

　ふふふ。甘いものを食べてる時って、どうしてこんなに幸せなんだろう。

　ふと、視線を感じた。

　顔を上げると、正面に座る新城くんが、じーっと私の顔を見ていた。

「……っ」

　一気に現実に引き戻された。

　そうだ……今日は新城くんがいるんだった。

　うつむいて、モグモグと口を動かす。

　私、人に顔を見られたりするのが苦手なの。

　人と話す時も、相手の目を見られなくてうつむいちゃうし。

「凪くん、ホイップいる？」

「ありがとうございます。いただきます」

　そこへお母さんが新城くんに声をかけ、彼の視線がそれた。

　やっぱり家に嶺亜の友達がいるって無理だ～。

　そのあとは、食べても味がわからず、なんだか落ち着かない朝食だった。

　そして今。

　どうして私は、嶺亜と新城くんと共に通学路を歩いてい

るのでしょう。

　高校までは徒歩15分。

　嶺亜とだって一緒に行っていないのに、新城くんが「藤森さんも一緒に行こうよ」なんて言ってきて……。

　同じところに行くわけで、断る理由もないから、一緒に行くことになっちゃったんだ。

　すれ違うOLさんや学生たちが、ふたりを二度見していくのがわかる。

　それくらいかっこいいから仕方ないんだけど。

　そんな横で、私は肩身が狭い。

　なんだか場違いな人がいてすみません。

　ちょこちょこ後ろをついていくと。

「藤森さんどうしたの？　もしかして速い？」

「あ、あの、私にはお構いなく……先に行ってください」

　居心地悪いったらないからわざと遅れをとっているのに、わざわざゆっくり歩いてくれちゃう新城くん。

　はぁぁぁ……。

　学校付近までくると、同じ制服を着た子たちも増えてきた。

「えっ、ちょっと見てよ！　藤森兄妹が一緒に登校してる！」

「ほんとだ！　で、なんで凪くんも一緒なの!?」

「嶺亜くんと双子だからってずるいよねー」

「てかなんであの子が嶺亜くんと双子なワケ？　あーあ、嶺亜くんと双子になりたい人生だったー」

　嫌でも聞こえてくる声。

　ううう。こうなるから嫌なんだ。

　注目を浴びるなんてこの世で一番苦手なのに、嶺亜と居ると目立ってしょうがない。

　地味な私が、キラキラなふたりと一緒にいてごめんなさい。

　私は心の中で謝りながら、うつむき足を進めた。

俺だけの姫 〜凪side〜

「凪くんおはよー」

　俺の1日は、声援のように飛んでくる黄色い声をかわしながら教室まで向かうことから始まる。

　特に嶺亜と一緒にいると、その声は一段と跳ね上がる。

「今日はふたり一緒なんてラッキーだねっ」

「いいことありそう！」

　って、俺はラッキーアイテムなのかよ。

　俺だって健全な男子高校生。

　女子にちやほやされて気分がいい時期もあったけど、これが毎日毎日続いたんじゃうんざりもする。

　隠れて写真を撮られたり、挙句には名前も知らないやつが、俺を彼氏だと他校の友達に言っていたりとか、さんざんな目にもあった。

　今日みたいに、嶺亜と一緒に会えたらレアだとか。

　レアは名前だけにしとけっつうの。

「じゃーなー」

「おう」

　5組の嶺亜と別れ、俺は3組の教室へ入った。

　藤森は、昇降口で別れたあとさっさと教室へ入ったみたいだ。

　すでに自分の席に座り、カバンの中身を机にしまっている。

　藤森乃愛。嶺亜の双子の妹ってことで、最初は注目されていた。

　嶺亜があれだけイケメンだから、どれだけ妹は可愛いのかって男子もこぞって確認しに行っていた。

　けれどそいつらはそろって「ナイナイ」と言って戻ってきた。

　確かに、見た目はこう言っちゃなんだけどパッとしない。

　イマドキ、真ん中分けにしてきっちり耳の下で結んでる女子高生なんてなかなかいないだろう。

　目もかなり悪いのか、分厚い黒縁メガネをかけている。

　前髪も長く、そもそも顔がよく見えない。

　……どうしても腑に落ちない。

　昨日、風呂上がりの藤森と鉢合わせしたけど……イヤ、あれは本当に藤森だったのか……？

「うーん……」

　俺が見たのは、息をのむような美少女だった。

　全身に雷が落ちたかのようにビビビッと、一瞬動けなくなった。

　あんなに俺の好みにピタッとハマる女なんて、初めてだ。

「どーしたんだよ、頭ひねって」

　後ろからバシッと俺の背中をたたいたのは、クラスメイトでバスケ部でも一緒の祐樹。

「いや、別になんでもねーよ」

「そーいや、昨日嶺亜んち泊まったんだろ？」

「ああ」

　昨日は夜中にNBAの試合がテレビで中継されるということで、一緒に見させてもらったのだ。

　嶺亜の家はCS契約していて、海外の試合も見ることができるから。

　隣が藤森の部屋だったらしいが、ドライヤーの音が聞こえてきた以外は、物音ひとつしなかった。

「いーなー、俺も泊まりに行きたかったなー」

　実は、あのあとは藤森のことが頭から離れなくて、試合どころじゃなかった。

　濡れた髪を下ろし、メガネを外した藤森はやけに色っぽくて。

　おまけに湯あがりだ。

　ほのかに薔薇の香りがして、思い出すだけで頭がくらくらしてくる。

　今教室にいる藤森とは似ても似つかない。

　頭が混乱する……。

「おーい、聞いてんのー？」

「へ？　ああ、わりぃ……」

「今日の凪、ノリわりぃな～」

　祐樹はそう吐き捨てると、ポンと肩をたたいてどこかへ行った。

　放課後。

　これから部活のため、体育館へ向かっていた途中でバッシュを忘れたことに気づいた。

「あ、やべえ。バッシュ忘れた」

「だっせー」

　祐樹に笑われる。

「うるせーよ」

　もう体育館は目の前なのに、また４階まで上がるのかと思うと面倒すぎる。

　でもバッシュがないと部活には参加できないし、仕方なく戻ると、階段上から女子数人の声が聞こえてきた。

「アレ？　夏希今日日直じゃなかった？　机拭きは？」

「いーのいーの。地味ちゃんに代わってもらったから」

「きゃはは。地味ちゃんて、藤森さん？」

　地味ちゃん……？

　俺は階段の途中で足を止めた。

　今日の日直は平田だった。クラス内カーストでは上位に立つ派手な女子。

　そんな平田からすれば、藤森は下に位置する女だろう。

　だからって、"地味ちゃん"だなんて。

　なんだか俺が貶されているみたいで、胸の中がモヤモヤしてくる。

「そーそー。親が病気で入院してるからお見舞い行くって言ったら、代わってくれたの」

「えっ？　夏希の親、入院してんの？」

「嘘に決まってんじゃーん。机拭きなんてめんどくさいし、早く彼に会いたいし〜」

「あー、悪いんだ〜」

　はあ？　嘘ついて藤森に日直の仕事を押し付けたのか
よ。

「嶺亜くんに言いつけたりしないかな。藤森さんは騙<ruby>騙<rt>だま</rt></ruby>せて
も、嶺亜くんは騙せないかもよ？」

「大丈夫だよー。あの子にそんな度胸<ruby>度胸<rt>どきょう</rt></ruby>ないって」

「それもそっか。てかさー、藤森さんが嶺亜くんと双子と
か信じらんないよね」

「うんうん、超地味だし。全部いいとこ嶺亜くんに持って
かれたんじゃないの？」

　うるせえうるせえうるせえ。

　昨日までだったら何も感じなかっただろうに、今日は無
性に腹が立った。

　そのままそこで待っていると、女たちがたらたら階段を
下りてきた。

　やっぱり平田だ。

　あとはいつも一緒にいる取り巻きたち。

「……っ、凪くんっ……！」

　俺を見た女たちはビクッと肩をあげ、声の調子を変えた。

「これから部活？」

「……ああ」

「がんばってねっ！」

「今度試合見に行くね〜」

　そう言ってなに食わぬ顔で下へおりていこうとするから
俺は声をかけた。

「あのさ」

「えっ、なに？」

　呼び止めたのが嬉しかったのか、女たちは尻尾でも振るかのように笑顔をこっちへ向けた。

「今の話、聞こえたんだけど。日直の仕事、藤森に押し付けたってやつ」

「あ、ああっ、それはぁ……」

　途端に、気まずそうに顔を引きつらせる平田。

　聞かれちゃまずい話を聞かれた自覚はあるようだ。

「あの、私すごく急いでて……藤森さんなら、大丈夫かなって……」

　なんだそれ？

「ご、ごめんねっ……。悪気はなかったんだけどぉ……」

　しおらしく眉をさげて、必死に言い訳する。

「てかさ、謝る相手、違くない？」

「……っ、そ、そうだねっ。じゃ、じゃあ私急ぐから」

　引きつった笑顔を見せながら、平田は階段をおり、他のふたりもそれに続くように慌てて階段をおりていった。

　おいおい。

　戻って日直の仕事をやろうとは思わないのかよ。

　ムシャクシャした気分で教室に入ると、藤森がひとりでせっせと机を水拭きしていた。

　これは日直の仕事のひとつ。

　放課後にやらなきゃいけなくて、一番面倒臭いやつだ。

　部活に行くのも遅れるし、俺も含めて、だいたいの奴がテキトーにやっている。

　濡れ雑巾を、ささっと軽くひと撫でさせて終わりだ。

　けれど藤森は……ひとつひとつの机をしっかり磨きあげ、縁のところまで丁寧に拭いていた。

　——ドクンッ。

　そんな健気な姿に、昨日湯上りの藤森を見た時のような胸の鼓動が沸き上がった。

　気づいたら足が動いていた。

　教室の前にかかっていた雑巾を水道で濡らしてきて、藤森がまだ拭いてない机を拭き始める。

「えっ？」

　ここで俺のことに気づいたのか、藤森が声をあげた。

「あのっ、どうして……？」

「ん？」

「新城くん、日直じゃないよね……？」

　驚いたように目をパチパチさせる藤森。

　俺は雑巾を置いて、藤森に歩み寄った。

「藤森だって、日直じゃないだろ」

　指さした先の黒板には、さっき階段で会った日直の名前が書かれている。

「あっ……、それは平田さんのお母さんが病院に入院——」

「藤森さんて、お人よしだよね」

　言葉をさえぎって言うと、

「……っ、それは、困っているときはお互い様だからっ」

　ちょっとムッとしたように反論してきた。

　控えめなくせに、負けず嫌いを垣間見せるそんな態度は、

嶺亜と似ているのかもしれない。

「ふーん。もし平田が嘘をついていたら？」

　言いながら、俺は藤森に近づいていく。

　逆に後ずさりをして、俺から離れようとする藤森。

　追い詰められた彼女は、壁に背をついた。

「そ、そんなことは……」

　ライオンに睨まれた小動物のように、おどおどする。

　そんな姿に興奮している俺はおかしいかもしれない。

「ないって言いきれる？」

　──ダンッ。

　俺は、壁に手をついて藤森を見下ろした。

　俺たちにほとんど距離はない。

　こんなところを誰かに見られたら、絶対に誤解されるような格好だ。

「あ、あ、あの……」

　藤森はうつむきながら、困惑気味な声を出す。

　いつもそうだ。

　顔を見ると、すぐに目をそらしてうつむいて。

　クラスメイトだから、必然的に用があり話しかける機会も今までにあった。

　いつもうつむいたまま「うん」とか「はい」とかしか言わず、そんな態度にイライラすることもあったが……今日は……なんだかそそられる。

「こっち向いてよ」

　顎に手をのせ、強引に俺の瞳の中にうつりこませた。

「……っ」

　真っ赤な顔した藤森……乃愛は小さく口を開いて、なん
とか呼吸を整えているようだった。

　俺は、彼女の素顔がどうにかして見れないか角度を変え
て、その顔を眺（なが）めた。

　化粧（けしょう）っけはまったくないが、きめ細やかな肌は真っ白で
すべすべだ。

　唇（くちびる）は薄くもなく厚くもなく、リップを載せている形跡（けいせき）は
ないのに、つやつやときれいなピンク色をしている。

　小さく開いているその唇が……なんだかエロい。

　嶺亜と同じで、すっと高くイヤミのない形の良い鼻。

　目は……レンズ越しだからか、とても小さい。

　この顔に、バランスが悪いほど。

　違和感は、これか。

「メガネ……外してもいい……？」

「だ、だめですっ……」

　乃愛は、今にも取って食われるかのように身を固くして、
目をぎゅっとつぶる。

　……あ。

　目を閉じたら、顔のバランスが取れたような気がした。

　昨日風呂あがりに見た、黒目がちな大きな丸い瞳を思い
出す。

「なるほどね……そういうこと……？」

　これで、昨日見た美少女の謎（なぞ）が解けた。

「あの、なにか……」

　怯えながらうっすら目を開ける乃愛。

　そんな仕草にそそられて、俺は壁についていない方の手の指先を、乃愛の首元にすべらす。

　ツゥ——……。

　上から下、下から上へと。

「ひゃっ……」

　小さく可愛い声をあげて、身をよじる藤森。

　男慣れしてる奴なら絶対にしないであろう初々しい反応に、もっともっといじめたくなる。

「いいね、その反応」

　息がかかるように耳元で囁けば、「やっ……」と、甘い声が漏れた。

　……たまんねぇ。

「みーつけた」

　口では余裕そうなことを言っておきながら、心臓はバクバクしていた。

　女子に対して、こんな胸が高鳴るなんて初めてだ。

　……やっと見つけたんだ。

　俺だけのお姫様を。

「あ、あの……？」

　乃愛はわけがわからなそうな顔をしていたが、俺はふっと軽く笑った。

どうして、私……？

　すっかりクラスにもなじんだ5月下旬。
　今の季節は、暑くもなく寒くもなく1年で一番過ごしやすくて好き。
　4時間目が終わってお昼休み。
　同じクラスで中学時代からの親友、水島萌花ちゃんが、お弁当を抱えながら申し訳なさそうにやってくる。
「乃愛ちゃんごめん」
　いきなり謝られて、私は首をかしげた。
「どうしたの？」
「あのね、さっき嶺亜くんからメッセージが来て、今日のお昼一緒に食べれないかって……」
「あ、そうなんだ！」
　萌花ちゃんは嶺亜とつき合っていて、こうして時々、お昼ごはんをふたりで食べることがあるんだ。
「いいよいいよ、行ってらっしゃい！」
「うん、ありがとう。行ってくるね」
　萌花ちゃんは、女の私でも見惚れちゃいそうなくらいの笑みを見せて教室を出ていった。
　萌花ちゃんは、身長157センチの私よりも背が低くて、可憐って言葉がぴったりな子。
　女の子の中の女の子って感じで、私の憧れなんだ。
　おっとりしていて、とても優しくて、大好きな親友。

　嶺亜は中学に入学した当初から萌花ちゃんが好きで、告白して振られても、ずっと想い続けていた。

　チャラそうに見えて、意外と一途なところがあるんだよね。

　萌花ちゃんは、１年生の時にひとつ年上の先輩とつき合い始めたんだけど、半年くらい経った時に先輩の浮気が発覚したの。

　そんなときに『そんな奴やめて俺んとこ来いよ』（これは萌花ちゃんから聞いた話）って、３度目の告白をしてきた嶺亜の一途さに心を打たれて、つき合うようになったんだ。

　つまり略奪愛。

　その略奪愛は、今でも伝説として母校の中学校で言い伝えられているみたい。

　それから約２年。

　ずっとつき合い立てみたいにラブラブで、本当にうらやましい。

　美男美女のふたりは、誰もが認めざるをえないくらいとてもお似合い。

　だからか、少女漫画でよくあるような女の子からの嫉妬なんてのもない。

　萌花ちゃんなら仕方ないよねって、誰もが納得するんだ。

　さてと。

　私もお昼を食べる場所を探そうっと。

　萌花ちゃんが嶺亜とお昼を食べるときは、私はいつもひ

とりで食べている。

　他のグループに入れてって言う勇気もないし。

　萌花ちゃんならまだしも、私なんかじゃ入れてくれるグループなんてないよね。

　今日はぼっち……？っていうクラスメイトの視線から逃げるように、私は中庭にやってきた。

　ここにも結構人がいた。

　天気がいいからかな。

　まだ空いているベンチがあったから、私はそこに腰を下ろした。

　今日はサンドイッチを作ってきたんだ。

　タマゴサンドにツナサンドにベーコンレタスサンド。

　実は、萌花ちゃんにも分けられたらなあって、多めに作ってきちゃったんだよね。

　残りは帰ってからおやつにでも食べよう。

「いただきます」

　両手を合わせて、サンドイッチを口に入れた。

　うん美味しい。

　中庭には噴水があって、その周りを囲むように花壇には色とりどりのお花が咲いている。

　小さな鳥たちが、噴水で水浴びをしていた。

　ふふっ、可愛い。

　そんな光景を眺めながらサンドイッチを食べていると、ふと、隣に誰かが座った。

　ベンチは私ひとりのものじゃないし。

　気持ち、反対側に腰をずらすと。

「逃げないでよ」

　座っていたのは、新城くんだった。

「ひゃっ！」

　思わず腰を浮かして、固まってしまう。

「俺見るといつもその反応だよな。俺ってオバケかよー」

　髪の毛をわしゃわしゃとかきながら、不満そうに唇を尖らす新城くん。

　だ、だって……。

　いつも新城くんは突然現れるんだもん。

　それに、ついこの間のことがあるから警戒しちゃう。

　平田さんに日直の仕事を頼まれて、机を拭いていたとき。

　急に現れた新城くんが、机を拭きだしたと思ったら……。

　あれって……壁ドンってやつだよね？

　おまけに首筋を触られて、声が出なくなっちゃった。

　少女漫画で起こりそうなことをリアルにされて、ドキドキして大変だったんだから。

「ひとりなの？」

「えと、萌花ちゃんが……嶺亜とごはんを食べてるから」

「なるほどね」

　納得したように軽くうなずいた新城くんは。

「じゃあ、俺と一緒に食べようよ」

　と、持っていたビニール袋を掲げてみせた。

　その中からは、おにぎり３つと唐揚げと卵焼きが入った、購買では人気のセットが出てきた。

　嶺亜も時々食べているみたいで美味しいって言ってた。

「お邪魔？」

「いえ……そんなことは……」

　私たちの間は、人がひとり座れるくらい間隔が空いているから、一緒に食べているっていう感じには見られないかもしれないけど。

　私なんかが新城くんと一緒にお昼ご飯を食べるなんて、恐れ多くない!?

　周りの目が気になってしょうがないよ。

　そして……いつの間にか空いていたはずの空間はなくなっていた。

　新城くんがこっちに寄っていたのだ。

「それ、もしかして自分で作ったの？」

　私はもうはしっこギリギリまで来ちゃってるから、それ以上よけられない。

　これは一緒に食べてないなんていうのは、苦しい言い訳にしかならないよね。

　周りをちらちら気にしながら、小さく口を開く。

「う、うん。お弁当くらいは自分で作ろうと思って……」

「えらいんだな」

「そ、そんなことないよ」

　褒められるのは慣れてないから、なんて言っていいのかわかんない。

　ただでさえ、新城くんと一緒にお昼ご飯を食べてるってことが、ドキドキしてたまらないのに。

　赤に髪の毛を染めた新城くんは、すごく目立つ。

　染めてなくても、新城くんの存在はもともと目立つ。

　てことは私も今、ものすごく目立っているんじゃ……！

　どどど、どうしよう。

　考えれば考えるほど、落ち着かなくなってくる。

「それ、うまそうだな」

　おにぎりをほおばる新城くんの目線は、私のランチボックスへ。

「……」

　なんだか、すごく物欲しそうな目。

　食べますか……？なんて言ったら図々しいかな。

　この場合、あげるっていうより、私の作ったサンドイッチを食べてもらうって言った方が正しいもんね。

　私にそんなこと言う勇気なんてないや……と思いながらモグモグ口を動かしていると。

「俺のおにぎりとひとつ交換してくれない？」

　わわっ、言われちゃった。

　戸惑いながらもコクンとうなずくと、

「鮭とたらこが残ってるけど、どっちがいい？」

「あ、えっと……どっちでも」

　私、優柔不断だから。

　それに、人に決めてもらった方が楽なんだよね。

　いつものように曖昧に答えると。

「ダメ、乃愛が決めて」

「……っ!?」

の、乃愛？

お父さんと嶺亜以外の男の人に名前呼びされたことなんて今まで一度もないから、軽くパニックになる。

そもそも存在感のない私は、男子に苗字すら呼ばれることもないんだけれど。

「ねえ、どっち？」

パックを差し出して、ニコッと見せるそのスマイルの破壊力といったら……。

イケメンは嶺亜で見慣れているつもりだったけど、兄弟かそうじゃないかってすごい差なんだと思い知る。

「じゃ、じゃあ鮭で……」

いただきますと言って、鮭のおにぎりをひとつもらった。

「俺は、これもらっていい？」

新城くんが指さしたのは、ベーコンレタスサンド。

私は「どうぞ」とランチボックスを差し出した。

新城くんの手がランチボックスに伸びてきて、並んでいるサンドイッチからひとつ取りあげた。

手、きれいだな……。

ごつごつしていなくて、指も爪もきれい。

長袖シャツを肘までまくった腕は、筋が浮き上がって程よく筋肉がついているのがわかる。

どきどきどきどき。

やっぱり同じ男の人でも嶺亜と全然ちがう……！

嶺亜で慣れていたはずなのに、全然男子に免疫ないんだなって改めて思った。

「うーん、レタスがシャキシャキしててうまい！　これ、新鮮で高価なレタスだな」

「……ふたつで198円のお買い得品です」

　お母さんが、いい買い物ができたって嬉しそうに報告してきたっけ。

「うっ……値段じゃねえよ。料理の腕がいいから、レタスも喜んでシャキッとしたんだよ」

「ふ、ふふっ」

　ついおかしくて吹き出しちゃった。

「あ、笑った」

　新城くんがこちらを向いて、笑う。

　そんなこと言わない人だと思ってた。

　顔が整ってる人って、それだけで近寄りがたいイメージがあったから。

　自分がかっこいいって自覚しているから、お高くとまってそうで。

　新城くんにもそんなイメージを持っていた。

　でも、ちがうのかな？

「すんごいうまいよ、これ」

　そう言ってベーコンレタスサンドをほおばる新城くんは、嘘をついているとは思えず、しかもたった3口で平らげてしまった。

　私は、まだおにぎりひとくち目なのに……。

　おにぎりを食べたら、余計にサンドイッチを食べられなくなっちゃうなあ。

「あの……もしよかったらもうひとつ食べますか？」

　恐る恐るランチボックスを差し出すと。

「マジで!?　いいの!?　やったあ」

　新城くんは、子どもみたいな無邪気な笑みを見せた。

　どくんっ。

　そんなギャップに、さっきから胸の高鳴りが止まらない。

「じゃあ、次はたまごサンドいただくわ」

　そう言って、たまごサンドを取って口へ運び、

「んー！　うまい!!」

　大げさに声をあげたけど、悪い気は全然しない。

　むしろ嬉しい。

　家族に美味しいって食べてもらえるのももちろん嬉しい
けど、それ以上に嬉しい気がする。

「そういや、この間は急に泊まらせてもらってごめんね？」

　急に話題が変わり、私の頭の中もあの日に戻った。

「わ、私の方こそごめんなさい。目がすごく悪いから、メ
ガネをかけてないと、人の顔がわからなくて……」

　泥棒扱いしちゃったし、出来ればあの日の話題は避けた
かったのに……と思いながら、やっぱり謝るしかなかった。

「いーっていーってそのことは。それよりさ……」

　新城くんがグッと顔を近づけてきた。

　な、なにっ？

　この間の放課後みたいに、顔をじろじろ見られて落ち着
かなくなってくる。

「あのピンク色のお風呂、乃愛の趣味なんだって？」

「へっ？」

　思わぬことを言われて一瞬固まってしまったけど。

　……そうか。

　泊まったんだから、お風呂も入ったんだよね。

　嶺亜ってば、余計なこと言わないでほしいよ～。

　地味な私が、あんな可愛らしい色と香りのお風呂に入っ
てるなんて似合わないもんね。

「可愛い趣味してるじゃん」

　新城くんは、近づけた顔をくしゃっとほころばせた。

「……っ」

　だから、その破壊力……。

　顔が熱い。

　私はきっと真っ赤になってるんだろうな。

　そして恥ずかしい。

　こんな私が、似合いもしないのに乙女みたいな趣味して
るって……。

　いつものように、顔がだんだんと下向きになった時。

　頬に手が当てられた。

「顔上げてよ。せっかく可愛い顔してるんだから」

「……っ」

　……私、からかわれてるんだ。

　だって、可愛いなんて、私に使われる言葉じゃないって
知ってるから。

　美少女の萌花ちゃんと親友なのを不思議がられたり、嶺
亜と双子なことを揶揄されたり。

　わかってるよ。

　わかった上で、すっごい肩身の狭い思いをしているんだから。

「や、やめて下さいっ……」

「なんで？　俺は乃愛と仲良くなりたいんだけど」

　私と？　どうして？

「か、からかわないでっ」

「からかってなんかない」

　真剣な声に顔をあげれば、顔も真剣だった。

　……本当に？

　私と仲良くなりたいなんて、変わった人だな。

「乃愛がいやがっても、やめてあげないから覚悟しておいて」

　柔らかく口元を上げながら言われた言葉に、私はただ目をぱちくりするだけだった。

兄貴に宣言 ～凪side～

　乃愛のことをちゃんと見たのは、入学して１ヶ月くらいたったころだった。

　GWが終わり、学校にも慣れて５月病っていう名が付きそうなやつがゴロゴロ出てきたころ。

　その日は放課後部活がなく、担任に呼ばれた職員室からの帰り、どこからかピアノの音色が聞こえてきたんだ。

　どこか心が安らぐようなそれに、導（みちび）かれるようにたどり着いたのは音楽室。

　そっとドアを開けると、ひとりの女子生徒がピアノの前に座っていた。

　真っ黒な髪をふたつに縛って、メガネをかけた女子。

　どこかで見覚えがあるな……。

　ああ、嶺亜の双子の妹か。

　嶺亜と双子にしては随分（ずいぶん）地味だと、ある意味噂（うわさ）になっていたからすぐにピンと来た。

　クラスの女子たちも「嶺亜くんの妹なら仲良くしたいけど、ちょっとアタシたちとはタイプがちがうよね」なんて言っていた。

　見た目はともかく、心地いいその音色に俺は惚（ほ）れてしまい、結局最後まで聞いていた。

　弾（ひ）き終わったあと、彼女はピアノの上に載っていたクリーナーで丁寧に鍵盤（けんばん）を拭き、音が出ないようにそっと蓋（ふた）

を閉める。

　そして、椅子をきちんと中へ戻す。

　誰が見ているわけでもないのに、丁寧なその所作に心が奪われた。

　どんな子なんだろう。

　話してみたいと思ったが、クラスも違う俺にきっかけなんてなかった。

　嶺亜に頼めば接点なんてすぐ持てただろうが、仲が良いからこそハズくて言えなかったんだ。

　２年になって同じクラスになったときはラッキーだと思った。

　けれど、思ったように事は進まない。

　彼女は積極的に人と喋るタイプではなく、特に男子となんてほとんど絡むことはなかったからだ。

　嶺亜の彼女の水島と仲が良く、彼女と話しているときはとても楽しそうに笑っている。

　クラス内では大人しいふたり組だが、それはそれで平和で楽しそうだった。

　事務的な会話をしたことはあったが、いつもうつむいていて、俺は認識されているのかもわからない。

　嶺亜の家に泊まりに行くことになった時、ちょっと期待した。

　初めてちゃんと話せるかもしれないと。

　なのに、俺を見て叫ばれ、泥棒だと思われ……。

　俺ってどんだけ存在感薄いんだよって、正直へこんだ。

でも、あの素顔は反則だろ……。

女の子らしい仕草に加え、あんな美少女って。

「部活終わったら話がある」

「なに？」

バッシュの紐を結びながら、嶺亜が顔をあげる。

こうなったら、まずは周りから攻めていくことにした。

「いや、部活が終わってから話す」

攻めるなんていやらしいが、嶺亜の妹なんだし、ちゃんと嶺亜に宣言しておいた方がいいかと。

黙っていて、俺たちの友情にひびが入ってもイヤだし。

乃愛に告るわけじゃないのに、すげえ緊張する。

友達に好きな女を打ち明けるのとは、ちょっと違う気がする。

妹だしな。

こう見えても乃愛のことは大事にしてそうだし、急に敵対視されそうな気がしないでもない。

練習にもあまり身が入らないままその日の部活が終わった。

男だらけのむさくるしい部室で着替えを済ませ。

「お疲れー！」

最後の奴が出ていって、嶺亜とふたりきりになった部室。

それを見て、嶺亜が切り出した。

「で、話って？」

いつものへらっとした感じがない。

　真剣な話だと悟っているのだろうか。

　そんな重い話じゃないんだけどな。

　余計に言いにくくなったが、俺は腹をくくって言った。

「その、俺……好きになっちまったみたいなんだ」

「……」

　返答がないから一気に言ってしまおう。

「お前の──」

「ちょ、ちょっと待ってくれよ」

　嶺亜は急に両手を前に突き出して、俺を静止させた。

　そのあわってぷりに、ポカンとする。

　なんだよ。まだ、最後まで言ってないぞ？

「俺には、萌花っつう可愛い彼女がいるんだからな」

「は？　だから？」

　突然、誰でも知っているようなことを言われ、なんだよ
と思う。

「お前のことは、大事な友達だ」

　……は？

　少し顔を赤らめ真面目に告げる嶺亜に、だんだんと理解
した。

「……ぶはっ!!!」

　一気に緊張がほどけた。

　なんだよ嶺亜。

　すげえ勘ちがいをしているみたいだ。

「な、なにがおかしいんだよ」

「俺がお前のことを好きとでも言うと思ったか？　いくら

なんでもそれはないぜ」

　今日の練習中、嶺亜がずっとそんなことを思っていたのかと思ったらおかしくてお腹がよじれそうだ。

「なんだよ。違うのかよー」

　そう言いながら、嶺亜は安心したようにベンチに寝転んだ。

「バーカ」

「じゃあなんだよ」

　核心に迫られると、やっぱり緊張してくる。

　だから一気に言った。

「俺が好きなのは、お前の妹だ！」

　あーやべえ。

　余裕なふりして言ったが、心臓はバクバクだ。

「……」

　嶺亜は無言で、しかも真顔。

　その反応は、おおかた予想通りだった。

「どうして乃愛なんだ？」

　そして、急に兄貴の顔になる。

　そらきた。

　別の女だったら、すぐに応援してやるとか頑張れよと言うだろうに、やっぱり妹となればそうだよな。

「まあ……簡単に言えば一目惚れだけど……」

「ふうん……」

　嶺亜が警戒するのもわかる。

　周りから地味だと言われている乃愛だ。

「いやっ、もちろん中身も！」

　１年前の出来事を伝えると、だんだん嶺亜の顔も緩んできた。

「なるほど……。まあ、乃愛の良さに気づいたってのはさすが俺の親友だよな」

　反応は悪くない。

　兄からのオッケーはもらえるのか？

「お前なら安心して乃愛を預けられるな」

　よっしっ！　嶺亜からそう言われればもう無敵だ。

「でもなあ……」

「ん？」

「乃愛はガードが固いからなあ。男慣れなんて全くしてないし、むしろ警戒心しかないだろ」

「そうだな」

　俺が目を見ただけでそらされるし。ずっと敬語だし。

「これだけは約束しろよ」

「なに？」

「ぜってー泣かせるな」

「……」

「たとえ凪でも許さねーから」

　出た。

　やっぱり嶺亜はシスコンの気があるのかもしれない。

　でも見た目と違って、一途なところは見習いたいと思っているし、俺だってきっと一途だ。

「もちろんだ」

　そう言うと、嶺亜はフッと表情を柔らかくした。

「ま、応援してるからせいぜいがんばれよ」

　ぽんと肩に手を乗せられる。

　一番の協力者からの応援をもらい、俺はほっと肩の力が抜けた。

守られてドキドキ

お昼休み。

いつものように萌花ちゃんとお弁当を食べた後、私は保健委員の仕事で、書類を保健室まで届けに行った。

その帰り道……。

「ふざけんなよっ！」

「上等だな」

ふたりの男子がケンカしている場面に遭遇してしまった。

すごい怖い顔をして、互いに睨み合っている。

うう、どうしよう。

でも、そこを通らないと教室には戻れないし……。

「おいっ」

オールバック男子が金髪男子の胸倉に掴みかかる。

この人たち、有名な不良さんだ……。

嶺亜からも注意されていた。

絶対に関わるなよって。

言われなくても、私なんか絶対に相手にされないだろうし大丈夫って思ってたけど。

「ナナはお前にたぶらかされたっつってんだよ！」

「はあっ!? あの尻軽女の方から言い寄ってきたんだよ！」

「てめっ、人の女をっ……！」

うわぁ〜。女の子がらみの揉めごとか。

　顔と顔がくっつきそうなくらいの距離で、罵倒しあうふたり。

　目が合ったら、因縁をつけられるかもしれない。

　ここはそーっと通ろう。

　そう思ったタイミングが悪かった。

　私がふたりの横を通過した瞬間、オールバック男子が金髪男子を殴ったのだ。

　──え？

　吹っ飛んできた金髪男子の手が、私のほっぺたに当たり。

「いたっ」

　思わず声を上げる。

　指が当たった感覚じゃなかった。

　もっと、硬くて尖ったもの。

　思わず、その場にしゃがむ私。

「ってえなあっ！」

　金髪男子は、そんな私には気づかないのかオールバック男子に向かっていく。

　痛いのは私なんですけどぉぉ。

　ドカッ！　バキッ！

　殴り返している音が聞こえてくる。

　ひぃいい、怖いよぉ～。

　耳をふさいで、その場にしゃがみこんだまま動けない。

　でも早くここから立ち去らなきゃ。

　また次の波に巻き込まれたら困るもん。

　そろそろと立ち上がろうとすると、重力に逆らうように

突然体が軽くなった。

　──え？

　誰かが私を立ち上がらせてくれたのだ。

　はっとして顔を上げると、くっきり二重の、薄茶色の瞳がそこにあった。

「し、新城くん……」

「大丈夫か!?」

　いつもと違う、焦（あせ）ったような表情の彼は、何かに気づく。

　そして、きれいな瞳を激しくゆがませて。

「てめえらっ！」

　ええっ!?

　なんと、彼がふたりの間に割って入ったのだ。

「んだよっ！」

　止められた金髪男子は不服そうに新城くんを睨みつける。

　うわっ、どうしよう。

　新城くんが殴られちゃうかもしれない……！

「彼女に当たったの気づいてねーのかよ！」

　新城くんがそう言うと、金髪男子がチラリと私に目を向けた。

　ひいいいっ！

　鋭い目つきで睨まれて、全身の毛が逆立ちそうになる。

「知らねーよ」

　彼は、ペッと床に唾（つば）を吐くとぶっきらぼうに放った。

「はあっ!?」

うわぁぁぁ、新城くんもうやめてぇ〜。

声を出したくても、恐怖で声が出ない。

どうしよう、新城くんのきれいな顔に傷がついちゃったら。

私の顔なんかより、大問題だよ！

「よく見てみろよ！　お前のそのごつい指輪で顔が傷ついたんだよ。どうしてくれんだよっ！　女子の顔に傷つけていいと思ってんのかよっ！」

新城くんの目は真剣だった。

ドクンッ！

新城くん……。

私の顔なんて、傷ついたってどうってことないのに。

そんな風に言ってくれる新城くんに、胸がどきどきした。

そっか。

痛かったのは、指輪が当たったからなんだ。

見ると、金髪男子の指には、じゃらじゃら指輪がついていた。

耳にもピアスがたくさん。

「はんっ、そんな女の顔、傷ついたってどーってことねえだろっ」

彼は、なんだそんなことか、とでもいうように鼻で笑った。

ズキン。

顔をひっかけられたより、痛かった。

心が……。

「このクソやろうがぁぁぁぁっ！」

　すると、新城くんが金髪男子をその場にひっくり返した。

　ええええぇぇ!?

　それは一瞬の出来事だった。

　新城くんは彼の上に馬乗りになって、胸倉を引き上げる。

　ひいぃぃぃ！

　新城くん、めちゃめちゃ強いじゃないの……！

　そして、新城くんがいよいよ殴りかかろうとした瞬間、私はぎゅっと目をつぶった。

　やっぱり、殴るのを見るのは怖いっ。

「やめとけ」

　上から声が降ってきた。

　よく聞きなれたその声に目を開ければ。

　振り上げた新城くんの手を掴んでいるのは、嶺亜だった。

「乃愛がビビってる」

　殴る寸前の腕を上げたままの体勢で、薄茶色の瞳と目が合った。

　私はその目を見つめたままゴクリと唾をのんだ。

　新城くんがゆっくり手を下ろす。

　ほっ……。

「ったく、冷めたわ。もういいし」

　オールバック男子はそう言うと立ち去り、金髪男子も逃げるようにすり抜け去っていった。

　はあっ……。

　私はようやくちゃんと呼吸ができた。

　男の子同士のけんかって、ほんと心臓に悪いよ。

「何があったんだよ」

　事情を知らない嶺亜が、私と新城くんを交互に見る。

「乃愛が、あいつらのケンカに巻き込まれてさ、ほら」

　新城くんが言うと、嶺亜がほっぺの傷に気づいた。

「げっ、マジ!?　今度あいつらに会ったらただじゃおかねえし！」

「や、やめてよっ！」

　嶺亜なんて一瞬でやられちゃうよ！

　記憶の限りでは、嶺亜が男子と殴り合いのケンカしたとか一度もないもん。

「つうか、よく凪も入っていったな。あいつら、巷でもウワサの不良だろ？」

「乃愛が傷つけられたかと思ったら、頭に血が上って我を忘れてた」

　新城くんの言葉に、胸がどくんって鳴った。

「……ありが、とう」

　守ってくれて、すごく嬉しかった。

「あんなの見せてごめん、怖かった……？」

　私はふるふると首を横に振る。

　怖いなんて言ったら失礼だよね。

　私のために、そうしてくれたのに。

「傷、痛くない？」

　そうだ、どうなってるんだろう。

　ブレザーのポケットから鏡を取り出して見てみると、少

し皮がむけて赤くなっていた。

　血は出ていない。

「痕残んねーだろうな」

　嶺亜が顔を覗きこんでくる。

「だいじょぶ、だよ」

　大げさだなあなんて思いながら笑って返すと、新城くんが真顔で言った。

「痕残ったら、俺が責任取るし」

「ん？」

　どういう意味だろう。

　首をかしげると。

「残らなくても、俺が責任取る」

　ますますわかんない。

「えっとぉぉ……」

「んんっ」

　軽く咳払いした嶺亜は、「邪魔者は退散するわ」と意味不明なことを言って、この場から去ってしまった。

　え？　え？

「今はまだわかんなくてもいいよ」

　新城くんはニコッと笑うと、身をかがめて私の頬に手を当てた。

　どくんっ。

　新城くんの顔がだんだん近づいてくる。

　えっ、なに……。

　すると、頬の傷口に新城くんの唇が優しく触れた。

「……っ!!」

　温かくて柔らかい感触。

「傷が早く治るおまじない」

　わわわわっ!

　こ、これは。

　おまじないって……キ、キスだよねえっ!?

　すごいことをしたというのに、新城くんは余裕の笑みを浮かべている。

「俺たちも教室に戻ろ」

　もしかして、イマドキの人はこういうの、なんてことないのかな……?

「う、うん……」

　どきどきが収まらないまま、私は新城くんと一緒に教室へ戻った。

「乃愛ちゃーん、大丈夫だった?」

　教室に戻ると、萌花ちゃんがすっ飛んできた。

「嶺亜くんから聞いたの。不良のケンカの巻き添えになっちゃったんだって?」

　その目はウルウルしている。

「うん……ツイてないよね。へへっ」

　さすが嶺亜の彼女。情報が早いなあ。

「わっ、ここ赤くなってる」

　そして傷を見て、またさらに泣きそうな顔になる萌花ちゃん。

「大丈夫だよ、このくらい」

　ちょっとヒリヒリするけど、心配させちゃうからそれは内緒。

「顔に傷つけるなんて、ほんと最低だよねっ！」

「びっくりしたよ。男の子のケンカなんて初めて見たもん」

「それより、新城くんが助けてくれたって聞いたけど……」

　一緒に教室に戻ってきた新城くんは、すでに男子の輪の中にいる。

　ほっぺには、まだ新城くんの唇の感触が残ってる。

　わぁぁぁ……恥ずかしいっ。

「う、うん……」

　私はなんとか冷静さを取り戻してうなずく。

「なんかさ、最近新城くん、乃愛ちゃんのこと構ってくるよね」

「えっ？　う、うん……」

　実は、お弁当を一緒に食べたこともバレちゃったんだ。

　っていうか、嶺亜から萌花ちゃんには何でも筒抜けになっちゃうの。

「嶺亜と親友だから、かな……？」

　嶺亜が気を利かせて何か言ったのかもしれない。

　嶺亜が萌花ちゃんとごはんを食べると、私はぼっちになっちゃうから。

　私、萌花ちゃん以外にお友達がいないし……。

「そうかな〜。私調べでは、新城くん、乃愛ちゃんのこと好きなんじゃないかな〜なんて」

「え〜〜っ！　そ、そんなわけないよ！」

　それってなに調べ!?

　そんなこと、地球がひっくり返ってもあるわけないのに。

　あまりにありえないことを萌花ちゃんが言うから、自分でもびっくりするくらい大きな声が出てしまった。

「の、乃愛ちゃん声大きい〜」

　周りを見ると、クラスのみんなが私たちを見ていた。

　わわっ！　新城くんも。

　恥ずかしくってうつむく。

　私ごときが、みんなのお喋りの邪魔をしちゃってごめんなさい。

「ふふっ、でも私はそう思うな〜」

　萌花ちゃんてば、普段は控えめなのに、こういう話になるとすごく興奮するんだよね。

　恋バナが大好きみたい。

「でも、新城くんには好きな子がいるってウワサあるよね？」

「あー、そっかあ。私も知ってる。高瀬中出身の人の中では有名だもんね」

　高瀬中っていうのは、新城くんの出身中学。

　新城くんが彼女を作らないのは、過去にものすごく好きだった人がいたけど転校しちゃって、今でも忘れられないからっていうウワサがあるんだ。

「でもさ、会えない人のこと、いつまでも想ってるかなあ」

　尖らせた口は、ちょっと不満げ。

　そんな仕草もとっても可愛い。

「うーん、今は無理でも、大人になったら会いに行けるだろうし……」

「えー、そんなに待てるかな？　そこまで一途な人なんている？」

　萌花ちゃんに言われて、思いついたのはただひとり。

「いるじゃん！　嶺亜！」

　私がそう言うと、両手を頬に当てて恥ずかしがる萌花ちゃん。

　うわーん、とっても可愛い。

「やだっ……」

　ほっぺにバラが咲いたように、ピンクに色づく。

　嶺亜は、こんな萌花ちゃんが可愛くて仕方ないんだろうなあ。

　嶺亜は中学に入学してすぐのころから、ずっと萌花ちゃんのことが好きで。

　告白して振られても、先輩とつき合いだしたときも、ずっとブレずに萌花ちゃんのことだけを好きだった。

　嶺亜もすごくモテるから、その間何人もの女の子に告白されたけど、１回もなびかなかった。

　遊びでつき合うなんてことも、もちろんなくて。

　そんな一途な男の子、なかなかいないと思う。

　普段は結構いい加減なところがあるけど、そういうところは我が兄ながらすごく尊敬できるんだ。

　だから、萌花ちゃんが嶺亜の気持ちに応えてくれた時は、

ものすごくうれしかった。

「私はきっと、からかわれてるだけだよ」

　泥棒と間違えちゃったことで「面白い」なんて言われたし。

　でも、そう思ったらなんだか胸がモヤモヤした。

　あれ、なんでだろう？

「そうかなあ。私のカンって結構あたるんだけどなあ」

　意地でも自分の説を貫こうとする萌花ちゃんがちょっと面白い。

　何気なく、新城くんに目をやる。

　窓から差し込む光にキラキラ照らされている新城くんは、みんなが形容しているように、まるで王子様。

　私とはきっと住む世界が違う人。

　そう思ったら、また胸の奥がずきんと痛くなった。

＊ LOVE♡2 ＊

お菓子より甘い？

　中間テストが終わった。

　上位10人までは成績が貼り出されるんだけど、学年トップは新城くん。

　2位は嶺亜だった。

　これはいつものことなんだけどね。

　私は38位。まあまあかな。

「今日から2週間、うちのクラスに教育実習生が来ることになった。聖北大から来た黒澤先生だ。みんな、よろしくな」

　担任の岡本先生が朝のホームルームで連れてきたのは、頭ひとつ分とびぬけた背の高い男性。

　黒のスーツがとても似合っている、ザ、大人って感じの人だった。

「黒澤昂輝です。よろしく」

　見た目を裏切らない低音ボイスで挨拶した黒澤先生に、教室のいたるところから、きゃあっと黄色い声があがる。

　確かに、少女漫画に出てくるヒーローみたいに顎がシュッとして、目元もキリッとしている。

　でも、なんだかクールな感じで近寄りがたそう。

　それが私の第一印象だった。

「黒澤せんせ〜」

　ホームルームが終わると、さっそく平田さんを中心とし

　た女子のグループが黒澤先生を取り囲む。

「黒澤先生って彼女いるんですかー？」

「どこに住んでるんですかー？」

「LINE交換しましょうよー」

　なんて、すごくプライベートな質問ばかり。

　みんな積極的だなぁ。

　校内にも、それなりにカッコいい男の子はたくさんいるけれど、大人の男性にはまた違う魅力があるのかなぁ。

　教育実習生が来ている期間は、クラスのイケメンに騒ぐ女の子たちも実習生に目が行くんだよね。

　もちろんその逆もある。

　可愛い女の先生だと、男子はあからさまに喜ぶし。

　男子の中からは「可愛い先生がよかったなー」なんて言っているのが聞こえてくる。

「んー、勉強に必要じゃないことはノーコメントね。はいはい、そこ通れないから」

　困ったように笑いながら、それらをテキトーにあしらう黒澤先生。

　教育実習も大変だろうなぁ。

　と思っていると、黒澤先生が一瞬真顔になって、面倒臭そうに流したその視線とぶつかった。

　わっ！

　私は慌てて目を逸らす。

　今すっごい面倒臭そうな顔してたよね。

　二重人格？

　ちょっと苦手かも……。

　今の一瞬で、黒澤先生に対して苦手意識を持ってしまった。

「乃愛のクラスに来た教育実習生、すげーな」

「ん？　すごいって？」

　夕食の時間。

　嶺亜が思い出したように言った言葉に、首を傾げた。

「顔面のスペックおかしいだろ」

　おかしい、とは？

「超絶イケメンってことね」

　理解できなかった私に、補足してくれる嶺亜。

「あ、そういうことか。うーん、どうかな……」

　嶺亜でキレイな顔は見慣れているし、ちょっとやそっとのイケメンじゃ驚かないっていうか。

「さすが乃愛だな。イケメンに靡かないとこは」

　それって、褒められてるのかな。貶されてるのかな。

　私だって、ちゃんとかっこいい人はかっこいいって思うもん。

　嶺亜には素直にかっこいいよって言っているけど、それは兄妹だからだよって言われる。

　ひいき目をナシにしても、嶺亜は本当にかっこいいんだけどなあ。

「聖北大のミスターコンでは、１年の時からグランプリらしいよ」

「すごいね。それ黒澤先生が自分で言ってたの？」

　だとしたら、結構ナルシストなんじゃないかなって思うんだけど……。

「違うよ。俺のクラスにも聖北大から実習生が来たの。そいつが言ってた」

「あっ、そうなんだ。ふうん……」

　クラスの女の子が騒ぐだけのことはあるんだなあ。

　でも、私には大人すぎてちょっとピンとこない。

　それに、冷たそうな一面を見ちゃったからなおさら。

「もしかして嶺亜、心配してるの？　萌花ちゃんが黒澤先生に惹かれないかって」

「はっ？　な、なに言ってんだよっ」

　嶺亜はわかりやすく動揺した。

　いつも余裕たっぷりの顔が、耳まで真っ赤。

　ははーん。そういうことか。

　この話題を出してきた一番の理由はそれだったんだね。

　でも、その逆もありえる。

　黒澤先生が萌花ちゃんを口説いちゃうなんてこともあるかも。萌花ちゃん、めちゃくちゃ可愛いから。

「大丈夫だよ！　萌花ちゃんのことは私がちゃんと守るから！」

　こぶしを作って、任せなさいと、どんと胸をたたく。

　私に出来ることはそのくらいしかないし！

「お、おう……頼むわ」

　嶺亜は自分の心配を素直に認め、珍しく下手に出てきた。

　やっぱり嶺亜くらいのイケメンでも、大人の男の人には危機を感じるのかな？

　兄のピンチ。

　こうなったら、黒澤先生が変な目で萌花ちゃんを見ることがないように、しっかり見張ってなきゃ！

　嶺亜って、萌花ちゃんのことになると余裕がなくなるんだよね。

　人を好きになると、そうなるのかな？

　私のこと、そんな風に思ってくれる人なんて、この先現れるのかな……。

　そう思って、浮かんだのは新城くんの顔。

「……っ」

　ないないないないっ！

　やだ私ってば、なにを想像してるんだろう。

　ありえないことを想像して、ひとりで熱くなってしまった。

「乃愛、おはよ」

　新城くんは教室に入ってくると、自分の席に向かう途中に声をかけてきた。

　なぜかうちに泊まりに来た翌日から、毎日私に挨拶してくれるんだ。

「お、おはよう」

　なんだかもう日課になっていて、私も実は楽しみにしている……なんてことはナイショ。

　でも、まだ乃愛って名前で呼ばれるのは恥ずかしくて慣れないけど。

「これ食う？」

　差し出されたのは、タブレットケース。

「えっ？」

　私に？

　萌花ちゃんとは、よくお菓子の交換をしている。

　私の中で、お菓子をあげっこするって結構仲がいい証拠なんだけど……。

　新城くんにとって、私はどんな位置づけなんだろう？

　そういえば、仲良くなりたいって言われたっけ。

　きょとんとしていると、ほらというようにタブレットケースを斜めに傾けてくる。

　私が慌てて手のひらを出すと、新城くんは自分の手の平に３粒落とした。

　あれ、くれるんじゃなかったのかな。

　やだ、恥ずかしい……と手を引っこめると。

「口、開けて」

　私の口の前に、新城くんの手が。

　う、嘘でしょ。

　食べさせてくれるってこと!?

「早く」

　じれったそうに催促してくる新城くん。

　考える間もなく反射的に口を開くと、口の中に粒が３つ落とされた。

「ありがとう……」

　お礼を言ったあと、恥ずかしくてうつむく。

　なにこの甘いシチュエーションは……！

　燃えるように熱い体でタブレットを口の中で転がして……。

「んっ!?　うわっ……ごほごほっ……」

　急にむせてしまった。

　だって。なにこれ、めっちゃ辛い！

　ケースをよく見ると、刺激100倍なんて煽る文字が見えた。

　口の中が痛くて足をじたばたさせると、

「どう？　目が覚めた？」

　目の前には、いたずらが成功した子どもみたいな顔。

　う〜。

　甘いシチュエーション……なんてのんきに思ってた自分が恥ずかしいっ。

「はははっ、面白い顔〜」

　そんな私を見て喜ぶ新城くん。

　面白いって。

　私、今どれだけブサイクになってるんだろう。

　それが心配。

「可愛い。はは、やっぱ乃愛って面白いな」

　子どもをあやすように、頭にポンポンと手をのせられる。

　えっ、可愛い……？

　パッと顔を上げると、ニコニコしながら私を見ている新

　城くんと……その奥で怪訝そうにこっちを見ている平田さんたちのグループ。

　……っ。

　私はとっさに顔を隠すようにうつむいた。

　新城くんの声はよく通るから、聞こえちゃったんだ。

　平田さんたちが怪訝な顔をするのもわかる。

　可愛い……なんてふざけたことを言うから。

　新城くんの目がおかしくなったんじゃないかって思われちゃうよ。

「ねえ、俺のこと凪って呼んでよ」

「ええっ!?」

　続けて今度はそんな要求。

　ちょ、ちょ、それは……。

　新城くんは声のボリュームを落とさないし、気が気じゃないよ。

　それに……男の子のことを名前で呼ぶなんて……ムリっ。

「俺のこと、友達だと思ってくれてるならいいでしょ?」

「とも、だち……」

　言われた言葉をゆっくり繰り返す。

「そ、友達」

　新城くん、私のことを友達だと思ってくれてるのかな?

　親友の妹、としてじゃなくて?

　だとしたら、単純に嬉しかった。

　男とか女とか関係なくても、私には萌花ちゃんしか友

達って呼べる子はいないから。

　私、友達に飢えているのかも。

「ねえ、早く呼んでみてよ」

　急に甘えたような声を出す新城くん。

　無意識なのかな。

　そんな声出さなそうなのに。

　単純な私はギャップにやられちゃって。

「な、凪くん……」

　素直に口にすれば。

「よくできました」

　新城く……凪くんは満足そうに笑って、私の頭をポンポンと軽くたたいた。

　なんだかときどき、子どもみたいなんだよね、凪くんって。

　そのとき、後ろのドアから黒澤先生が入ってきて、タイミング悪く目が合ってしまった。

　わっ。

　変なところ見られちゃった。

「チャイムなってるぞー、日直、号令―」

　1時間目は岡本先生の授業なんだ。

「あーあ、もう先生来ちゃった」

　凪くんは眉を下げて残念そうな顔をする。

「じゃあね」と、凪くんは名残惜しそうに自分の席に向かい、私も慌てて椅子に座った。

　岡本先生の授業中。

　　私の席は一番後ろなんだけど、ちょうど私の後ろに、黒澤先生が椅子を持ってきて座っていた。

　　なんだか後ろにいると、見られてるようで落ち着かない。

「あっ……」

　　コロン……と消しゴムが床に転がってしまった。

　　落ちたのは、すぐ机のわき。

　　椅子を引いて立ち上がろうとすると。

　　黒いスーツの腕がすっと伸びてきた。

　　……え？

　　そして、机の上に載せられた。

　　黒澤先生が拾ってくれたみたい。

「ありがとうございます」

　　小さな声でお礼を言う。

「……いーえ」

　　ニコリともせずにそれだけ言うと、黒澤先生はまた自分の椅子に戻った。

　　そっちまで転がったわけじゃないのに、わざわざ拾いにきてくれたんだ。

　　優しい人なのかな。

　　ちょっとだけ、黒澤先生の印象が変わった。

気まずい放課後

　その日のホームルームが終わったあとのことだった。
「おーい、藤森、ちょっと来てくれー」
　岡本先生が手招きして私を呼んだ。
　なんだろう。
　帰ろうと、肩にかけようとしたかばんを置いて先生のところへ行けば、
「ちょっと手伝ってほしいことがあるんだ。時間あるか？」
「はい、大丈夫です」
　部活もしていない私は、放課後は暇。
　それをわかっている岡本先生に、こうして用事を頼まれることが今までにも何度かあった。
「岡本先生、人使いが荒いのは昔から変わってないんですね」
　そう声を挟んだ黒澤先生は、ふっと笑う。
　黒澤先生は今日も、昼休みなど女子生徒に囲まれていた。大変だろうに、爽やかな笑顔を振りまいて相手をしていた。
　昨日見た面倒臭そうな顔は、もしかしたら見まちがいだったんじゃないかなって思えてくる。
　消しゴムも拾ってくれたし。
「おいおい人聞き悪いなー。高校の頃はやんちゃだったお前がまともになったのは誰のおかげだと思ってるんだ」
「えっ、黒澤先生……ここが母校なんですか？」

　びっくりして思わず口を挟んでしまった。

　すると岡本先生は得意げに言った。

「おー、そうだぞ。理科の楽しさを教えてやったのはこの俺だ！」

　そうだったんだぁ。

「ってことで、藤森も教科室まで一緒に来てくれ」

「はい」

　私は返事をして、ふたりの後をついていった。

　理科教科室には、他の先生は誰もいなかった。

　早速岡本先生から指令が出る。

「悪いが、グッピーの水槽の掃除の仕方を、黒澤に教えてやってほしいんだ」

「えっ？」

「はっ？」

　私と黒澤先生の声が重なった。

　わ、私が!?

　さすが理科の教科室だけあって、窓際にはいくつもの水槽が置かれていて、色んな生き物が飼われている。

「藤森は手際がいいんだよなあ。今日はこの水槽を頼む。俺はこれから職員会議なんだ。じゃあ、悪いけどよろしくな。終わったら藤森は帰っていいから」

　そう言うと、岡本先生はさっさと教科室を出ていってしまった。

　なんて強引……。

　去年も担任だった岡本先生に水槽の掃除を頼まれるのは

何度目かな。

　でも、こういうもくもくとした作業は意外と嫌いじゃないんだ。

　家でも昔金魚を飼っていて、毎週水槽の掃除をするのは私の役目だったし。

「クソだりい」

　ありえない声が聞こえて、ギョッとする。

　ここにいるのは、私と……椅子に足を組んでふんぞり返りネクタイを緩めているのは、さっきまで岡本先生の前で愛想を振りまいていた黒澤先生。

　うそっ！

　さっきと全然態度が違うんですけど……。

　やっぱりこの人の本性はこっち!?

　怖いと思いながらも、岡本先生の頼みじゃ仕方ない。

「あの……まずは、このグッピーたちを、別の水槽に移動させるんですけど」

　言われたように、黒澤先生に掃除の仕方をレクチャーしようとしたら。

「テキトーにやっといてよ」

「……」

　……どうしよう。

　黒澤先生に教えるのが私の仕事なのに、黒オーラ全開の黒澤先生に、なすすべがない。

　この人、仮にも今は「先生」だよね？

　先生にそんな態度をとられたことがないから、びっくり

する。

　しょうがないから、ひとりでグッピーたちを移動させた。

　結局水槽の掃除をすればいいんだよね。

　誰がやったって関係ない。

　とにかく早く終わらせて帰ろう。

「今から掃除しますよー、ちょっと狭いけど移動しててね」

　グッピーたちに声をかけながら、別の入れ物に移し替えたところで。

「……うそうそ。で？　何をすればいいわけ」

　黒澤先生が、私の横に立った。

　ビクッ。

　黒澤先生はすごく背が高いから、横に立たれると威圧感がはんぱない。

「……えと、周りのぬめりを、このスポンジでこするんですけど……」

　おどおどしながら答えると、

「貸して」

　黒澤先生は私からスポンジを奪い、水槽に手を突っ込んで洗い始めた。

　……すっごいイヤそうに。

「あーあ、こんな雑用まで頼まれちゃたまんねーよね。こっちも今日のレポート上げなきゃなんないし、暇じゃないっての」

　わ、口も悪い。

　でもそうだよね。こんなことするために実習に来てるわ

けじゃないもんね。

　これって、はっきり言って先生たちの趣味だし。

　そう思ったら、ちょっと黒澤先生が不憫に思えてくる。

「あ、あの、大丈夫ですよ。黒澤先生は自分のお仕事をして
いてください。岡本先生には、黒澤先生が掃除したこと
にしておきますからっ……」

「は？」

　黒澤先生が、手を止めて私を見る。

「慣れない実習で毎日大変ですよね。休み時間も生徒たち
に囲まれて休む暇もないですよね。わかります」

　黒澤先生のことを思って言ったのに、思わぬ声が飛んで
きた。

「あんたってバカがつくほどお人よしなんだな」

　なっ……！！

「だから岡本にもいいように使われんだよ」

　言葉のとおり、バカにしたように鼻で笑いまた手を動か
す。

　ううっ。

　……ですよね。

　こんな地味子に慰められるなんて、黒澤先生のプライド
が許さなかったのかも。

「で、次は？」

「……砂利の中のゴミを取るので、水を入れてよくかき混
ぜてください……」

「はいはい」

　なんとも面倒臭そうな返事。

　こんな黒澤先生とふたりきりなんて、落ち着かないよ。

「あーくそ、シャツが落ちてくる」

　まくっていたシャツがずり落ちてきてしまうようで、歯でシャツを引っ張りあげる黒澤先生。

　うわー、なんて豪快。

　って、感心してる場合じゃない。

「ダメだ。なんか留めるもんねーの？」

　それでもやっぱり落ちちゃうみたいで、イラついたような声が飛んできた。

「えっと」

　留めるもの留めるもの……。

　きょろきょろして探すけど、クリップ……は違うよね。輪っかになってるものがいいんだけど、そんな都合のいいものは見つからない。

「あ……」

　そうだ。

　私は束ねている左右の髪をほどいた。

　ゴムを腕に通して、シャツを留めておけばいいと思ったんだ。

　普段なんの役にも立たない私の、我ながらいい考え。

「黒澤先生」

　そう呼ぶと、手を止めてこっちを見る黒澤先生。

　ううっ。見られるだけでも威圧感があって怖い。

「あ、あの……腕、貸してください」

「は？」

　浮かせた両手に、ゴムをはめて腕の上あたりで留めた。

　うん、きつくもゆるくもなく、大丈夫みたい。

「これなら落ちてこないと思います。あっ、私のゴムなんかで申し訳ないですけど……」

　恐る恐る言うと、じーっと私を見つめる黒澤先生。

　な、なにか……？

　そんなに見られるのは気まずくて、私からパッと目を逸らした。

「……どーも」

　でも作業しやすくなったみたい。

　黒澤先生はさっきよりも手際よく掃除を続けていく。

　キレイになった水槽に水を入れて、グッピーを戻して終了。

「あーあ、終わった終わった」

　腰に手を当てながら体を反らした黒澤先生。

　そして、顔だけをこちらに向けた。

　無言のままじーっと見られる。

　……あの、なにか……？

　すると、私の方にじりじり近寄ってくる。

　だから私は、後ずさりする。

「えっ……」

　けれど、永遠に部屋が続いているわけじゃないし、壁に背中がついてしまった。

　な、なんなの……？

　私の顔をまじまじ見つめる黒澤先生。すると。

　まくり上げられたままの腕が伸びてきて。

　すっ、と。

　ごく自然に、私のメガネを外した。

　一気にぼやける視界。

「やば」

　そして、黒澤先生はそうつぶやいた。

　ううっ。

　私の顔を近くで見て、耐えられないってことだよね。

「へー、なるほどね……」

　その口元が、にやりと上がった気がした。

　ぼやけているから、ハッキリわかんないけど。

　なるほどって。

　納得されちゃった。

　わかってるもん。地味でダサいのなんて。

　こんな黒澤先生の前じゃ、私なんて人権もないんだろう
な。

　うつむいて、前髪で顔を隠そうとすると。

　えっ……？

　私のおでこに手を乗せ、顔を近づけてきた。

　思わず、身を固くして顔を背ける。

「くろ、さわ、せんせ……」

　なにをするの……？

「いいねえ、その声。なんかそそられる」

「あ、あのっ……」

顔が……近いっ……！

緊張も限界になったところで、黒澤先生は顔を離した。

ど、どうしてこんなことするの……？

私が困っているのを見て、楽しんでるように見える。

ぼやけた視界で、黒澤先生をぼんやり眺める。

「藤森さんは彼氏いるの？」

「へっ？　い、いませんよ！」

そんなことを聞かれてびっくりする。

私に彼氏の有無を尋ねてきた人は、黒澤先生が初めて。

見た目から、彼氏なんて100％いないと思われてるはず
だもん……というか、私の彼氏の有無に興味のある人なん
ていないはずだし。

「ふーん、そんなに可愛いのにねえ。もったいない」

「か、かわいい……？」

ありえない言葉が聞こえてきて、思わず復唱してしまっ
た。

可愛いなんてまちがっても言われたことないから。

黒澤先生は、目が悪いの？

それともブス専ってやつなのかな？

色んな趣味の人がいるとは思うけれど……。

「藤森さん見てると、なんだか守ってあげたくなってくる
よ」

どくんどくん。

いったい何を企んでるの……？

そう思ったとき、廊下で人の声が聞こえてきた。

　職員会議が終わった先生たちが戻ってきたのかも。

　すると、私の顔にメガネを装着させ、パッと距離をとる黒澤先生。

　──ガラガラ。

「どうだー。終わったかー」

　そのタイミングで扉が開き、岡本先生が入ってきた。

「ちょうど今終わったところです」

　クリアになった視界には、実習生としての姿の黒澤先生が映る。

　まるで、何ごともなかったかのように振るまう黒澤先生とは反対に、私はいまだドキドキが収まらない。

「おー、さすが仕事が早いな、ご苦労。藤森もありがとな。もう帰っていいぞ」

「……はい……」

　私は逃げるように、教室を飛び出した。

　うわぁ……びっくりした。

　心臓がばくばくしてる。

　黒澤先生……どうしちゃったの……？

気に食わないやつ 〜凪side〜

　今日の体育は、再来週に行われる体育祭の練習だった。

　種目は二人三脚リレー。

　20メートル先のポールを回って帰ってくる、というやつだ。

　うちのクラスは男子が17人だから、ふたり組を作るとひとりあまる。

　背の順でペアを決めていき、クラスで一番背の高い俺は、教育実習生の黒澤とペアを組むことになった。

「せんせー、俺とペアらしいんすけど」

　紐を片手に声をかければ、ダルそうに振り向く黒澤。

　女子から騒がれるだけあって、高身長にそこそこのルックス。

　けどコイツ、なんとなくいけ好かない。

　なんか裏がありそうなんだよな。

　上っ面ではいい人ぶってるけど、腹黒そうなのが隠せてない。

　ま、しょせん大学生だし。

　普段は合コン三昧で遊びまくってんだろ。

「お前、身長いくつ？」

「178センチですけど」

「ふーん」

「先生は？」

「185」

　チッ。

　身長が近いからペアっつったって、7センチも差があんのかよ。

　俺がチビに見えそうで、何かムカつく。

　レースは女子からスタートした。

　3組目には乃愛がスタンバイしている。

　ペアはバスケ部でもレギュラーの飯田だ。

　運動神経は抜群だし、そんなやつとペアなんて大丈夫か？

　乃愛は見るからに運動が苦手そうだし、ハラハラする。

　やがて順番が来て、前のグループから受け取ったタスキを飯田がつけてスタートしたが。

「いっちに、いっちに……！」

　思った通りだ。

　スタート直後から、掛け声と足が合ってねえ。

　飯田は早く行きたがっているけれど、乃愛の足が追いついていないようで……。

　どってーん。

　そんな音が聞こえてきそうなくらい、乃愛が派手に転んだ。

「あっ……」

　思わず立ち上がろうとすると、俺が転びかけた。

　そうだった。黒澤と足が紐で繋がれてるんだ。

「チッ……」

　黒澤は舌打ちし、迷惑そうな目で俺を見た。

「ちょっとー、ちゃんと合わせてよ！」

　引っ張られた飯田もバランスを崩すが、反射神経がいいせいか転ぶのは免れたみたいだ。

「ごっ、ごめんなさい」

　必死に謝る乃愛。

　その後は、速度を落としてなんとかゴールしたが。

　乃愛の膝は土で汚れ、血もにじんでいるのが見えた。

　クソッ。

　俺の足が繋がれてなかったら、すぐにでも飛んでって手当してやるのに。

「ちょっと、マジかんべんなんだけどー」

　紐をほどいた飯田は、文句を言いながら友達のところへ行った。

「災難だね〜」

「ペア代わってもらえば？」

　すごい言い様だ。

　こんなことを言われたら傷つくよな。乃愛は大丈夫か？

　って、乃愛は……？

　乃愛の姿が見当たらない。

　すると、乃愛は傷口を洗おうとしているのか水道まで向かっていた——が、その隣にいたのは。

「はあっ!?」

　黒澤だった。

　咄嗟に自分の足元を見ると、いつの間にか紐が外れてい

る。

「なんでだよっ……！」

俺は立ち上がり、慌ててふたりの後を追いかけた。

どうして黒澤が乃愛に付き添ってんだ!?

「乃愛っ！」

声をかけると振り向いた乃愛は、

「あっ……」

可愛い声を漏らした。

それだけで、撃ち抜かれそうになる胸。

今の乃愛は地味な姿だけど、本当の姿を知っている俺は、どんな姿だって可愛く見えて仕方ない。

重症だな……と自分でも思う。

って、そんなのんきなことを考えている場合じゃない。

「ちゃんと水で流しとけ。バイ菌が入ったら困るからな」

気づけば、黒澤が蛇口をひねって乃愛の膝に手を当てていた。

なに馴れ馴れしく触ってんだよ！

「どけよ。俺がやる」

黒澤の手が乃愛の足に触れたことがムカついて、俺はヤツを押しのけるように割って入った。

「乃愛、染みるか？」

「えっ？ ううん、大丈夫」

傷口に触れないように気を付けながら、チョロチョロと水を出して土を取っていく。

もともと乾いたグラウンドだから、すぐに傷口はきれい

になった。

「保健室に絆創膏もらいに行く？　消毒もしてもらえるし」

　俺がそう言うと、乃愛は小さく首を振りポケットから絆創膏を取り出した。

「私、どんくさいからいつケガするかわからないし、いつも持ってるの」

　……なんて用意のいい。

「貸して、俺が貼る」

　黒澤にとられる前に奪い、シートを剥がした。

「そのくらい私できるけどっ……」

「いいんだって、やらせて」

　有無を言わせず絆創膏を貼る俺に、乃愛は黙ってされるがままになる。

　膝に目線を合わせるようにかがむと、上から視線を感じた。

　黒澤が俺を見て、薄ら笑いしていた。

　……なんだよ。

　グッと睨み返し、また乃愛の膝に視線を戻す。

　なんでそもそも黒澤が乃愛に付き添ってたんだ!?

　そんなの面倒で絶対にやらなそうな男が。

　絆創膏を貼りながら、頭の中でそんなことばかり考える。

「もう、大丈夫。ありがとう。く、黒澤先生も……ありがとうございました」

　デカイ男ふたりに囲まれて、乃愛はどことなく居心地悪そうだ。

　いつものようにうつむいて、挙動不審に手足をもぞもぞ
させている。

　早く乃愛をここから連れ出そうと、腕を掴むと。

「そうだ、藤森。この間これ忘れていったぞ」

　黒澤が差し出したのは、黒いゴムふたつ。

　なんだそれ……と思った直後ピンときた。

　乃愛がいつも髪を結んでいるゴムだ。

「あっ！」

　小さく声をあげた乃愛は、途端に顔を真っ赤にさせた。

　そして「すみませんっ、ありがとうございます」と言っ
て受け取る。

　どうして乃愛の髪ゴムを黒澤が……？

　どこに忘れるっていうんだ。

　待てよ。

　乃愛は黒澤の前で髪をほどいたのか？

　それってどういう状況だよ！！！

　頭の中は一気にパニック。

　顔が赤くなる状況……。

　俺が乃愛に迫るとき、いつもそんな顔になっているけれ
ど。

　まさか。

　ハッとして黒澤を見ると、俺に向かって勝ち誇ったよう
にニヤリと口角をあげた。

　クソッ……。

「……乃愛、行くよ」

　俺は平静を装い、強引に乃愛の手を引っ張りながら歩いていった。

「どうしたの？」

　そんな俺に恐る恐る声をかけてくる乃愛。

「実習生と随分仲がいいみたいだな」

　皮肉っぽい言い方になってしまったが、聞かなきゃ気持ち悪い。

　男子との関わりもない乃愛が、どうしてよりによって黒澤と……って気持ちが先行して。

「えっ？　あ、えっと、岡本先生から頼まれて、放課後一緒にお手伝いをして……」

「は、マジで？」

　そんなことしてたのかよ。

　乃愛が頼まれたら断れないのをいいことに、岡本まで……。

「あのっ……」

「なに」

　イライラしすぎて、返事がぶっきらぼうになるのが自分でもわかる。

「……手がっ……」

　そう言われて乃愛の手を見ると、掴んだ箇所が少し赤くなっていた。

　力が入りすぎていたみたいだ。

「あ、悪い」

　慌てて手を離すと、乃愛は大丈夫というように、口元に

笑みを浮かべた。

　戻るとすぐに俺らの出番がやってきて、ぎりぎりで紐を結び直し、黒澤と肩を組んでスタートした。

　なんでよりによってコイツがペアなんだよ。

「いっちに、いっちに……」

　当然、息なんか合うはずなく。

「お前もっと合わせろよ」

「はあ？　そっちだろ！」

　アンカーのくせに、俺らの二人三脚は散々だった。

　昼休み。

　なんとなくむしゃくしゃしたまま廊下でパンをかじっていると。

「凪、なんでこんなとこでメシ食ってんだよ」

　たまたま通りかかった嶺亜が、足を止めてそんな俺を笑う。

「さーね」

　なんでだろうな。俺もよくわかんねえ。

「さーねって。……ま、頑張れよ」

　嶺亜は俺の肩を軽くたたくと、そのまま友達を追いかけて行ってしまった。

　頑張れ、か。

　頑張りたいけど、乃愛相手に何をどう頑張ったらいいのかわかんねえ。

　よりによって、男子に興味のかけらもなさそうな乃愛を

好きになるとか。はあ……。

　それにしてもなんなんだよ、あの実習生。

　俺だって、足が繋がってなければすっ飛んでいった。

　……あいつは、繋がれていてもすっ飛んでいった。

　なんなんだよ、マジで。

　と、向こうから黒澤が歩いてくるのが見えた。

　うわ。今、一番会いたくないヤツ。

　視線を窓の外に移して乱暴にパンをかじっていると、ヤツの足が止まったのがわかった。

「廊下で食うな」

　……うるせーな。

「足が繋がれた状態で勝手な行動とるものどうかと思うけど」

　振り返った俺は、黒澤と目が合う。

　若干、俺より目線が上なのが気に食わない。

「女の子がケガしたんだ。助けに行くのが男ってもんだろ？　ま、高校生のガキにはわかんねえか」

「は？　このタラシが」

　相手が年上だって関係ない。

　イヤミたっぷりに言ってやった。

　黒澤が来てからは女子の目線が黒澤に流れ、俺の周りに女子がまとわりつかなくなってラッキーだと思っていた。

　でももう話が違う。乃愛が絡むとなれば別だ。

　早く実習期間終えて大学に帰れよ。

　でも体育祭が終わるまで３週間もいるって……はあ……。

「なにムキになってんだ。お前こそ女子を沢山侍（はべ）らせてる
くせに」

「してねえよ」

「どうだか。体育館まで女子が押しかけて来んの、あれ邪
魔だからどうにかしろよ」

　黒澤は高校までずっとバスケ部だったらしく、放課後時
間があるときはバスケ部へ顔を出して俺らを指導（しどう）したりも
する。

　態度はどうあれバスケの腕前だけは認めていたのに。

「腹黒……」

　腹ん中はやっぱり真っ黒だったか。

「なんとでも言えよ」

　軽く流すのは、大人の余裕なのか。

　それがまたムカつく。

「お前、藤森のことが好きなんだろ」

「カンケーねえだろ」

「図星（ずぼし）かよ。てことは、お前も彼女の素顔を知ってんのか」

　イヤミったらしく言うその言葉に、すべてを理解した。

「なるほどな……」

　お前も……って、まちがいなく黒澤も知ってるってこと
だ。

　どういう状況で髪を下ろしたのかはわからないが、黒澤
が乃愛の素顔に気づいた可能性は高い。

　だとしたら、黒澤の態度も理解できる。

　可愛い乃愛の素性を知って、大事にしたくなったんだ

ろ？

　ふざけんな。

　俺の方が先に乃愛の可愛さに気づいたし、乃愛の良さは
それだけじゃない。

　可愛いだけで優しくするなんて、そんな不埒なヤツに取
られてたまるか。

「藤森って処女感丸出しだよな。俺の前で怯える感じがた
まんねー」

「てめえ、乃愛になにしたんだよっ」

　思わず、シャツの胸元に手が伸びた。

「おっと。仮にも俺は先生だからな」

　黒澤は、自分は何もしてないとアピールするように両手
をあげる。

「ふざけんな。そんなタラシな教師がいてたまるか。とっ
とと大学に帰れよ」

「あいにく、体育祭が終わるまでは３組にいさせてもらう
んで」

　本当に最悪だな、こいつ。

「もう乃愛には近づくなよ」

「彼女を落とすには、俺には時間がありあまり過ぎるな」

　俺の忠告も無視してそう言って、さらっと前髪をかきあ
げれば。

　廊下を歩いていた女子生徒から「キャッ」と黄色い声が
あがった。

　大人の色気がこれでもかってほど出ている。

　これじゃあ……女子が落ちるのもわかる。

　てか、実習生がこんなチャラチャラしてていいのかよ。

「……っ。お前なんかに負けねーよ」

　俺はパンの包み紙をくしゃくしゃに丸め、横にあったゴミ箱に乱暴に突っ込み、黒澤に背を向け歩き出した。

胸が痛いよ

　その日の放課後……。
「乃愛ちゃん、また水槽の掃除手伝うの？」
「うん……。黒澤先生が、ひとりじゃまだ不安だからって」
　今日もまた、岡本先生に理科準備室の水槽の掃除を頼まれてしまったのだ。
　正しくは、頼まれたのは黒澤先生なんだけど。
『ひとりじゃ不安なので、藤森さんに見ててもらいたいです』
　なんて言うから……。
　私は部活もしてないし、バイトもデートもないし断る理由が見つからなくて。
「乃愛ちゃん優しいね」
「そんなことないよ。暇なだけだもん」
　私は肩をすくめた。
「手伝えなくてごめんね。じゃあ、私行くね」
　これから嶺亜とデートだという萌花ちゃんは、小さく手を振り帰っていった。
　嶺亜の部活がない水曜日は、ふたりは決まってデートしているんだ。
「ふう……」
　萌花ちゃんを見送って、息を吐く。
　本当は断りたかった。

　だって、黒澤先生とはもうあまり関わりたくないから。

　それに、凪くんの前で髪ゴムを返されたときはびっくりしちゃった。

　忘れてた私も悪いけど、あんなところで渡さなくても、ねえ？

「乃愛、どこ行くの？」

　あ、凪くん。

　ちょうど帰るところだったのか、リュックを背負って教室から出てきた。

「え、えと……、岡本先生に用を頼まれて」

　そう答えると、凪くんの眉間にシワが寄った。

「それって、黒澤も一緒？」

　うわっ、声がすっごく怖いんだけど。

「う、うん……」

　正直に答えると、途端に不機嫌な顔になる凪くん。

　目はすわって口元から笑みが消える。

　イケメンが真顔になるととっても怖い……！

　ていうか、岡本先生はいなくて黒澤先生とふたりなんだけどね。

　……なんてことはもっと言えない雰囲気（ふんいき）。

「行くなよ」

　その顔から命令口調で言われたら、もう行くなんて選択（せんたく）肢（し）はないも同然。

「で、でも……」

「でもじゃない。行かないでいいっつってんの」

　引き留めるように、腕を掴まれた。

「それとも、乃愛は行きたいの？」

　その手をグッと寄せれば、整いすぎたお顔が、私の地味な顔と今にもくっつきそうになった。

「わわわっ……！」

　ばくんばくんと心拍数が上がっていく。

　やっ、こんなの耐えられないっ。

　この顔面をこの距離で直視できるほど私の心臓は強くない。

「ねえ」

　それでも、この距離で尋問を続ける凪くん。

「ううん、そんなことないっ」

「だったらいいだろ」

　凪くんはひとりでまとめるように言うと、やっと距離を取ってくれた。

　掴んだ手はまだ放してくれないけど。

　はあっ……心臓止まるかと思った。

「藤森。遅いから迎えに来た」

　ビクッ！

　今度は背後から低い声が聞こえてきて、さーっと背中に冷や汗が流れる。

　黒澤先生だ。

　来ちゃったよ。どうしよう……！

　私は凪くんと黒澤先生を交互に見る。

「今日、乃愛は用事があるから行けないっす」

　私より先に、凪くんはシレッと伝える。

「そうなのか？」

　嘘つくなんて心苦しいけど……行かないって決めたからには、こくんとうなずいた。

「へぇー。用事、ね」

　怪しげな瞳で、凪くんに目を移す黒澤先生。

　もしかして、嘘ってバレてる……？

　そうだよね。

　さっきは行くって返事してたんだから。

「俺と、デートなんで」

「……っ！」

　ひゃーっ、凪くん!?

　なんてこと言うの!?

　用事に合わせることはできても、さすがにそれは私も挙動不審になっちゃう。

「……ふうん……」

　ほら、ますます怪しんでるよ……！

　目を細めてぎろりと向ける視線は、決して納得した「ふうん」じゃない。

「てことで、行こっか」

　腕をつかんでいた手を、そのまま私の手に移動すると手と手がしっかり繋がれた。

　……しかも指が絡まっている。

　こ、これは恋人繋ぎ……！

　凪くんてば、私をどうしたいの!?

「う、うん」

　でも、冷静に冷静に。

　合わせないとバレちゃうもん。

　私はロボットのようにカチコチになりながら、黒澤先生に軽く頭を下げて、引っ張られる手についてちょこちょこ歩いていった。

　ずっとつながれたままだった手は、昇降口までつくと離された。

　うわあ……汗、大丈夫だったかな。

　心配で反対の手をこすり合わせて確認する。

　ビックリしちゃった。

　急にあんなこと言うから。

「あのっ、ありがとう」

　私が手伝わなくていいように、黒澤先生にああ言ってくれたんだよね。

　なんでもかんでも引き受ける私にイラついたのかな。

　きっと、日直の仕事を代わった時も、そんな私にあきれてたのかも。

　お礼を言うと、凪くんは「ん」と短く返事をして。

「嫌なことは、ハッキリ断った方がいいよ」

　……言われちゃった。

　わかってる。

　嫌って言えない私にも原因があること。

　私が小さくうなずくと、

「じゃ」

　凪くんは軽く手を挙げて、元来た道を戻ろうとした。
「あれ？　帰らないの？」
　今日は部活がないはずなのに。
「帰っても暇だし、俺は体育館で自主練してこうと思ってんだ」
「あ、なるほど……」
　すごいなあ。
　休みの日まで練習するなんて。
「がんばってね」
　そう言うと、凪くんの瞳が大きく開かれた。
　頬と耳がほんのり赤くなる。
　ん？　私なにかおかしなこと言ったかな？
　自分の言葉を思い出しながら首をかしげる。
「さ、さんきゅ。じゃあ気をつけて帰れよ」
　凪くんは、今度こそくるりと背を向けた。
　私、凪くんに助けてもらってばっかりだなあ。
　今度、なにかお礼が出来たらいいな。
　そんなことを思いながら、去っていく背中が見えなくなるまで見送った。

　次の日登校すると、萌花ちゃんの耳には初めて見る可愛いピアスが揺れていた。
　ハートのモチーフとリボンがついたもの。
「萌花ちゃん、そのピアス可愛いね」
　すぐに気づいて指さすと。

「ふふっ。嶺亜くんが誕生日プレゼントにくれたの」

　ちょっぴり恥ずかしそうにそう告げる萌花ちゃんは、今日17歳のお誕生日なのだ。

「そうなんだ！　嶺亜もなかなかいいセンスしてるね」

「うんっ。私の好み、すごくわかってくれてて嬉しい」

　兄が褒められて、私まで嬉しくなってくる。

　今朝、嶺亜は珍しく私よりも早く家を出ていた。

　きっとどこかで待ち合わせして、プレゼントを渡して一緒に登校したのかな？

　つき合ってもう２年近く経つのに、相変わらずラブラブなふたり。

　嶺亜は本当に萌花ちゃんのことが大好きなんだなあ。

「あ、私からはこれ！　お誕生日おめでとう」

　私もかばんから、ラッピングされたプレゼントを手渡した。

「ありがとう〜！　開けてもいい？」

「うん、いいよ！」

　嬉しそうな顔で早速包みを開ける萌花ちゃん。

　萌花ちゃんに似合いそうなリップとアイシャドウを選んだんだ。

「うわあ、かわいいっ！　私この色のリップ欲しいと思ってたんだあ、乃愛ちゃんありがとうっ」

　ギューッと萌花ちゃんに抱きつかれる。

　柔らかくていい抱きごこち。ふわっと香る甘いシャンプーのにおいに、同性の私までクラクラしちゃう。

　ああ、幸せ〜なんて思っていると。
「……おーい」
　ちょっと不機嫌そうな声に体を離せば、
「あ、嶺亜」
　嶺亜がむすっとして立っていた。
　私が萌花ちゃんと抱き合っていたのが面白くなかったのかも。
　妹にやきもち妬くって、結構重症だよね……。
「嶺亜くんっ！」
　だけど萌花ちゃんが甘い声で呼べば、すぐに顔を柔らかくする嶺亜。
　この差はなに!?
　妹でも面白くないんですけど……！
　でも、ふたりが幸せならいいか。
「今日の昼だけど……」
　お誕生日の今日、ふたりはまた一緒にお昼を食べるみたい。
　食べる場所の相談をし始めたふたりに、私は空気を読んでそっと離れる。
　──と。
「おはよ、乃愛」
　ちょうど凪くんが登校してきて。
「お、おはよっ」
　今日もキラキラで爽やかな凪くんがまぶしくて、私は顔を完全に上げられず挨拶を返した。

「足、もう大丈夫？」

　凪くんは私の膝を覗き込むような仕草をする。

　昨日のことを思い出したら恥ずかしくて、そこを手で押さえる。

「う、ううんっ。たいしたことないから大丈夫だよ」

　よく考えたら、男の子に膝に絆創膏を貼ってもらうなんて恥ずかしいよね。

　その時の感覚を思い出せば、顔が真っ赤になる。

「どうしたの？」

　挙動不審だったのか、不思議そうに私を見る凪くん。

「う、ううんっ、なんでもないよっ」

　私は笑ってごまかした。

「あ、今日アイツら一緒にメシ食うんだよな」

　凪くんは、まだ居座っている嶺亜に目を向ける。

「うん、そうみたい。今日は萌花ちゃんのお誕生日だから」

「らしいな。昨日から騒いでてうるさかったわ」

　嶺亜ってば、男友達の前でもはしゃいでるのかな？

　小学生……いや幼稚園生レベルかもしれないなあなんて思う。

「てことで、俺たちも一緒にメシ食おうな？」

「へっ!?」

　油断していて変な声が出ちゃった。

　そっか。

　萌花ちゃんと一緒に食べれないとなると、私はひとり……。

「今日も天気いいし、中庭でいい？」

「うんっ！」

　私が思い切り首を縦に振ると、一瞬固まる凪くん。

　なんだか、耳も少し赤い気がする。

　あっ、私ってば、勢いよく返事しすぎちゃったかな。

　周りを見ると、一部の女子の視線がこっちに集まっていた。

　凪くん、恥ずかしかったのかな。

　あんな返事しちゃって、すごく嬉しい人みたいだよね。

　……嬉しいのかな？

　どうなんだろう。

　自分の気持ちがよくわからないよ。

　それでも、いつもよりもお昼休みがなんだか待ち遠しかった。

　キーンコーンカーンコーン……。

　４時間目が終わり、お昼休み。

「乃愛ちゃん、ごめんね」

　お弁当を持った萌花ちゃんが、申し訳なさそうに両手を合わせる。

「謝らないで。こっちこそありがとうだよ。嶺亜が幸せなのは、萌花ちゃんのおかげなんだから」

　まだまだ先の話だけど、嶺亜と萌花ちゃんが結婚したら、私と萌花ちゃんは義理の姉妹になるんだよね。

　そうなったらいいなあってひそかに思ってるんだ。

　萌花ちゃんに引かれるかもしれないから、そんなことは言えないけど。

「乃愛」

　呼ばれて振り向くと、凪くん。

　でも、萌花ちゃんと同じように、ちょっと申し訳なさそうな顔。

　もしかして──。

「ごめんっ、ちょっと用ができてさ」

「あ……」

　やっぱり。

　お昼ご飯、一緒に食べられないのかな。

　ひゅーっと、心の中に隙間風が吹いたような感じがした。

「でもさ、終わったらすぐに行くから中庭でテキトーに場所とっといてよ。ね、よろしく！」

「え……」

　そう言うと、私の返事も聞かずに凪くんは急いで教室を出ていった。

　良かった。一緒に食べられるんだ。

　単純な私はすぐに気分が上がった。

　すぐに行くっていう言葉を励みに、ひとりで中庭へ向かう。

　けれど今日は天気が良いからか、ベンチはどこも埋まっていた。

「どうしよう……」

　私ひとりなら、どこか端っこにでも座って食べればいい

けど、凪くんもいるし……。

　中庭じゃなくても、どこかお弁当を食べられる場所を探しておかなきゃ……と、うろうろしていると。

「好きです、つき合ってください！」

　そんな声が聞こえて、足を止めた。

　うわっ、誰か告白してる!?

　こんな場面に遭遇するのは初めての経験で、心臓がばっくんばっくん鳴り始めた。

　どうしよう……この先へ進めない。

　盗み聞きしてると思われても困るし。

　校舎の角の手前で、私は動けなくなってしまった。

　この角を曲がったら、きっと告白現場を見ちゃうから。

　すると。

「ごめん、キミとはつき合えない」

　それは凪くんの声だった。

「……っ！」

　用事って、女の子に呼び出されてたんだ。

　……モテるって、本当なんだなあ。

　こんな昼間に呼び出して告白する女の子もすごい。

「そっか……」

　落胆したような女の子の声。

　そーっと壁越しに覗けば、同じ学年の女の子だった。

　すごく可愛いテニス部の女の子。

　確か、去年嶺亜と同じクラスで、すごくモテる子だって言ってた気がする。

　そんな子が振られちゃうなんて。

「どうしてもダメ？　私、１年の時からずっと新城くんのことが好きだったのっ……」

　それでも一生懸命頑張る女の子。

　なんだか、女の子の気持ちを考えると胸が痛くなってきた。

　告白するのって、どのくらい勇気がいるんだろう。

　私には未知すぎてわからない。

「ごめん。俺、好きな子がいるんだ」

「……やっぱりそうだったんだね。わかった、ありがとう」

　女の子は納得するように言うと、その場から駆け出した。

　ズキンッ。

　私が振られたわけじゃないのに、すごく胸が痛くなった。

　胸が痛いのは、泣きたいのは、あの子のはずなのに……。

『好きな子がいる』

　凪くんの言葉が、頭をぐるぐる回って離れないんだ。

　あの子も、"やっぱり"って言ってた。

　好きな子っていうのは、ウワサにあがってる女の子のことなのかな……。

　このまま凪くんに会うのも気まずいし、私はそのままくるっと回れ右をして、来た道を戻った。

　中庭の隅っこでうろうろしていると、すぐに凪くんがやってきた。

「ごめん、お待たせ！」

　何ごともなかったかのように、いつもの凪くん。

「うん」

　私も無理やり笑顔を張り付けた。

　結局座るところがないから非常階段に行こうということになり、2年生のフロアの非常階段に腰を下ろした。

　日陰だけど寒くはない。

　階段は狭いから、座るとちょっと腕が触れ合ってドキドキした。

「今日も乃愛の弁当うまそうだな」

　凪くんのお昼は、コンビニで買ってきたおにぎりと総菜パンだった。

「凪くんのも美味しそうだよ」

「……っ。……やっべ」

　ん……？

　急に口に手を当てて、顔をほころばせるから何事かと思ってしまう。

「だって、今、凪って……」

　そう言って、また顔を赤らめる。

　うわっ、そうだ。

　なんだか自然に呼んじゃったけど、凪くんに凪くんて呼ぶの初めてだ……。

　それに気づいたら、今更すごく恥ずかしくなった。

「俺、自分の名前好きになるわ」

「そ、そんな大げさな……」

　凪くんって呼んでいる女の子はいっぱいいるのに。

「普段名前なんて特に気にしてないけど、すっげーいい名

前に聞こえる」

「うん、すごくいい名前だと思うよ」

　風が凪ぐ感じを想像すれば、爽やかな凪くんにとても
ぴったり。

『好きな子がいるんだ』

　だけど。

　さっきの凪くんの言葉を思い出したら、やっぱり胸が痛
くなった。

　こんな素敵な人が好きになる女の子って、どんな人なん
だろう。

　嶺亜も一途に萌花ちゃんを好きなように、凪くんだって
ずっと誰かを想っていても不思議じゃないよね。

　会えなくたって、気持ちがなくなるのとは別の話だし。

「あれ？　もう食べないの？」

　箸が止まった私に、凪くんの声。

「う、うん……なんだか、食欲がなくて……」

　さっきの凪くんの言葉を思い出したら、胸の奥が苦しく
なって、ご飯が喉を通らなくなっちゃったんだ。

　どうして凪くんは私に構うんだろう。

　今まで日陰を歩んできた私にとって、凪くんは眩しすぎ
る。

　まったく正反対なのに。

「どうしたの？　なにか悩みごとでもあるの？」

「……っ」

「悩みなら俺に相談してよ。ほら、話すだけでもスッキリ

することもあるじゃん」

　私はふるふると首を横に振る。

　だって、凪くんのことでモヤモヤしてるなんて言えないっ。

「……俺じゃ、力になれない？」

　ちょっと悲しそうに落ちる凪くんの声。

　凪くんはきっと頼りになる。

　他の悩みだったら相談できるけど、こればっかりは……。

「凪くんには、相談できないっ……」

　私はお弁当をささっとまとめると、

「ご、ごめんねっ」

　逃げ出すように非常階段を後にした。

　──バタン。

　ドアが閉まった瞬間、涙がぶわっと溢れてきた。

　なんなんだろう、この気持ち。

　どうしちゃったの、私。

　こんな気持ち初めてで、なにがなんだかわからない。

　ぼんやりとその場に立ち尽くしていると。

「乃愛ちゃん？　どうしたの？」

　廊下の真ん中で佇む私に声をかけてきたのは、萌花ちゃん。

　声の方に顔を振ると、ちょうど階段の上から嶺亜と仲良くおりてきたところだった。

　私は慌てて目にたまった涙をぬぐった。

「凪とメシ食ってたんじゃないの？」

　嶺亜も、私がひとりでいることを不思議がっている。

「う、うん……」

　幸せそうに手をつないでいるふたり。

　それを見て、はっとする。

　今日は萌花ちゃんのお誕生日。

　こんなことで心配かけちゃダメだよね。

「大丈夫だよ」

　私はにこっと笑って、ふたりの前から走り去った。

俺の癒し 〜凪side〜

　なんだか乃愛に避けられている気がする。

　一緒に昼メシを食った日から。

　おはようと声をかけても、うつむきながらボソリと「おはよう」と言うだけで、目も合わせてくれない。

　少し前までは目が合うことなんてなかったけれど、最近はちゃんと目を見て挨拶してくれていたのに。

　俺、どこかで地雷踏んだか？

　考えても思い当たる節はない。

　嶺亜は、家ではなにも変わった様子はないと言っていたけど……。

「おい、シケた顔してんな」

　なんとなく気分が乗らない状態で部活に出ていると、突然声をかけられた。

　……黒澤だ。

「まだいたのかよ」

　とイヤミを言えば、ボールを投げてよこしてきた。

　それに反応するのは当然で、しっかり受け止めた。

　俺は、黒澤に目の敵にされている気がする。

　……乃愛の素顔を知っている者同士、それは言わずもがななんだろう。

　二人三脚では未だに息が合わず、今日の練習ではアンカー勝負だったのに負けてしまった。

　黒澤が身勝手に動くから。

「おあいにく様」

　黒澤は不敵な笑みを浮かべ、「集まれー」と部員に招集をかけた。

　さっと集まる部員たち。

　今日は顧問が会議で遅れるらしく、黒澤の考えたメニューをこなすことになったのだが……。

「……っはあっ……はあっ……！」

「ほらほらお前ら、どんだけ普段甘い練習してんだよ！」

　内容がスパルタすぎるんだ。

　ひっきりなしにシュートを打たされ、そのあとはドリブル突破の練習。

　しかもその速さが尋常じゃない。

「俺らの時代はこのくらい普通だったぞ！」

　時代が違うんだよ時代が！

　みんなヘロヘロになって今にも倒れそうになっていると。

「じゃあ10分休憩」

　ようやく休憩が許され、本当にみんなその辺に倒れこんだ。俺も例外なく。

　体力には自信あるけど、急にこんなハードな練習やらされたらおかしくなるっつうの。

「はあっ……はあっ……」

　床に寝転び胸を大きく上下させて呼吸しながら、体育館の天井をうつろな目で見つめる。

　　マジで疲れた……。

　　吹き出す汗を拭いて、タオルを顔にかぶせて休んでいる
と。

「大丈夫……？」

　　この体育館に似つかわしい細い声が聞こえた。

　　えっ？

　　タオルをずらすと、見えたのは天井ではなく乃愛の顔。

　　……どうしてここに乃愛が？

　　疲れすぎて、俺は幻覚を見ているのか？

　　そろそろと手を伸ばしてみると、頬に触れた。

　　柔らかくて温かい。

　　夢なら覚めないでくれ——。

「な、凪くん……？」

　　また乃愛の声が聞こえた。

　　——これは、夢じゃない……？

「……乃愛……？」

　　ガバッと体を起こすと、そこには確かに乃愛がいた。

　　制服姿で体育館の床に座っている。

　　えっ、なんで？

　　部活中の体育館に乃愛が来るなんて初めてだ。

「どうしたの？」

「えと……萌花ちゃんが嶺亜の練習を見にいくっていうか
らついてきたの」

「なるほどね」

　　俺を見にきたなんてあるわけないよな。

　それでも、俺に声をかけてくれたのが嬉しくてたまらない。

　乃愛と話すのは3日ぶり。

　でもそんなことを感じさせないくらいさらりと会話できたことにほっとする。

　だとしたら、倒れていて良かったのかも。

「すごい汗だね、大丈夫？」

「え？　あ、ああこんなのよゆーよゆー」

　まだ流れていた汗をタオルで雑に拭き、余裕をかます。

　どうせならカッコいいとこを見せてやりたかったのに。

　黒澤のヤツ……！

「おう、藤森」

　……ほら来た。

　乃愛が来たからって近寄ってきやがって。

「く、黒澤先生……」

　どうも乃愛は黒澤が苦手らしい。

　明らかに顔を背けてうつむいている。

「はは、黒澤せんせー、乃愛に嫌われてるんじゃないっすか？」

「ああ？」

　俺が挑発すれば、威圧するような声を出す黒澤。

　ピクッと乃愛の肩が上がった。

「乃愛がビビってるからやめてあげて」

「ふっ。カッコつけやがって。いつまでもダラダラしてねーで、ほら練習するぞ」

　黒澤が笛を吹き、休んでいる部員たちに立つよう促す。

　まだ5分しか経ってねえし。

　クソッ。俺と乃愛の時間を邪魔しやがって。

「ゴメン乃愛。じゃあ練習戻るから」

「うん、がんばってね」

　乃愛は小さく手を振って見送ってくれた。

　乃愛が見ていると思ったら、練習にも気合いが入る。

　いつも来てくれたらもっと上達するんだろうな……なんて調子のいいことを思った。

　部活は終わったが、俺はそのまま居残りすることにした。

　しばらくシュート練習を繰り返していると。

　──ダンダンッ……。

　俺しかいないはずなのに、後ろからドリブルの音が聞こえた。

　他にも残ってるヤツがいるのか？

　……と振り向いて。

　……眉間にシワが寄った。

「黒澤……」

「先生、だろ？」

　不敵な笑みを浮かべる黒澤。

　はあ……なんなんだよ。

　上がっていた気持ちが、ガクッと下がる。

　黒澤は、俺の後ろからボールを放つと、悠々とゴールしてみせた。

　その余裕がまた、ムカつく。

「なんだよ」

　こんなヤツに敬語を使う気には、やっぱりなれない。

「随分てこずってんじゃねえの？」

　面白そうに言うその言葉の意味がわかりすぎて、俺は
カッと熱くなった。

「うるせーよ！」

　力任せにボールを手から離すと、リングにガンッと激し
い音を立てて、大きくゴールを外れた。

　クソッ。

「最近の男子高校生は、草食とか言われてるしな」

「わかったような口きくなよ」

　歯向かうと、黒澤はニヤリと笑って言った。

「ぐずぐずしてると、俺がもらっちゃうよ？　言っただろ？
俺には時間がありあまり過ぎるって」

　そしてまた軽々ゴールを決めると、黒澤は体育館を出て
いった。

　黒澤なんかに取られてたまるかよ。

　乃愛を絶対モノにしたいという気持ちが、今まで以上に
メラメラ湧き上がった。

私があげたもの

　今日は体育祭。

　雲ひとつない青空で体育祭日和（びより）だけど、日焼けするのは
いやだなあ。

　私の種目は、二人三脚と障害物競争（しょうがいぶつきょうそう）と玉入れ。

　頭が痛いのは、二人三脚。

　私がどんくさいから、飯田さんには練習のたびに迷惑を
かけちゃってる。

　本番くらい、ちゃんと出来るようにしないと！

「青組、優勝するぞー！」

　縦割りで色は分かれていて、学年ごとの順位の他に総合
の順位もあるため、３年の青組の先輩が喝（かつ）を入れに来る。

　バスケ部の先輩がいるのか、凪くんは「絶対優勝だから
な」と圧をかけられていた。

　凪くんは選抜リレーにも選ばれている。

　嶺亜も選ばれていて、しかも同じ第８走者だから、どん
な戦いになるのか楽しみなんだ。

「玉入れに参加する生徒は、待機場所まで集合してくださ
い」

　準備体操（たいそう）が終わると、さっそく招集がかかった。

「萌花ちゃん行こう」

「うんっ」

　一緒に集合場所まで行こうとしたとき。

「乃愛、待って」

　凪くんに呼び止められた。

「え？」

「ハチマキ取れそうだから結び直してあげる」

　くるりとうしろを向かされて、紐がほどかれる。

　ひゃっ。

　凪くんに結んでもらうなんて……。

　時折手が首元に触れて、ドキドキする。

「はい、これでおっけー」

「あ、ありがとう」

　見上げる凪くんの頭にも、同じ青色のハチマキ。

　同じ色のハチマキをつけている。

　それだけのことが、すごくうれしい。

　——と、視線を横に向けると、同じく青色のハチマキを
つけた黒澤先生が女子に囲まれていた。

　思いがけず目が合うと、ニコッと微笑まれて……すぐに
目を逸らしてしまった。

　……ううっ、やっぱり苦手だ。

　もう水槽の掃除を手伝うことはないからあまり関わりは
ないけど、なんだかとても視線を感じるの。

　なんて、自意識過剰だよね。

　黒澤先生が私なんかを見てるわけないのに。

「乃愛ちゃん、どうしたの？」

「へっ？　な、なんでもないよ」

　とっさに笑顔を作って、萌花ちゃんと一緒に玉入れの集

合場所に向かう。

　すると、萌花ちゃんがとんでもないことを言ってくる。

「ねえねえ、乃愛ちゃんと新城くんってやっぱりいい感じだよね？」

「いい感じって……」

　そんな風に言われると、恥ずかしい。

「新城くんが構う女子って、乃愛ちゃんだけだもんね」

「そ、そんなことないよっ」

「ううん、あるある、乃愛ちゃんだけ特別って感じがする」

　特別!?　顔がぶわっと熱くなる。

　凪くんは割と誰とでもしゃべるから、特別だなんて。

「ふふっ。嶺亜くんとも話してるんだあ。乃愛ちゃんと新城くんがつき合ったら、ダブルデートするの楽しみだねって」

「だ、ダダダブル……っ！」

　さっきから私、カミカミ。

　でも、それは萌花ちゃんがおかしなことを言うからで。

「嶺亜くんもイチオシだから、いいと思うんだけどなあ」

　嶺亜とふたりでそんな話をしてるなんてびっくり。

　家で言われたことなんてないのに。

「わ、わわわ私なんて絶対にないよっ！」

　萌花ちゃんがそう思っても、無理に決まってる。

　あんなキラキラした人とはいる世界が違うもん。

　嶺亜の妹ってことで、しゃべってくれてるだけだと思う。

　それに、凪くんには好きな人がいるんだから……。

　体育祭はどんどん進み……二人三脚も今まででは一番いい走りができたし、障害物競争もなんとかやり切った。

　自分の出番がすべて終わり、ほっとする。

　爆笑したのは、借り物競争。

　嶺亜は「好きな人」というお題を引いたらしく、青組の私たちの席に飛び込んできた。

　もちろん狙いは萌花ちゃんで、『萌花来い！』って言うのを、凪くんはじめとする男子たちが全力で阻止して。

　嶺亜は桃色のハチマキをつけているんだから当然だよね。ライバルだもん。

　でも結局嶺亜にさらわれてしまい、嶺亜の隣で顔を真っ赤にして走る萌花ちゃんがものすごく可愛かった。

　グラウンドは拍手喝采。

　全校生徒、そして先生までもがふたりを祝福しているようなその様子は、もう結婚披露宴なんじゃないかと思うほど。

　それは、ふたりがあまりにもお似合いすぎるから。

　そして、もうすぐ目玉競技である色別対抗リレー。

　でもその前に、教職員によるリレーがある。

　これがまた面白いんだ。

　この時期にいつも来ている教育実習生は、仮装して走らされるから。

　黒澤先生がどんな仮装で現れるのか、みんな楽しみで仕方ないみたい。

「黒澤先生楽しみだね〜」

「ちゃんとスマホ構えとかなきゃ！」

　みんなの注目は、もちろん黒澤先生。

　どの学年からも絶大な人気を誇る黒澤先生に期待が高まり、みんな自分の席から身を乗り出してグラウンドに注目する。

　登場した黒澤先生は、マリオに扮（ふん）していた。

　赤い帽子（ぼうし）にオーバーオールっていう格好はマリオだけど、とってもスタイルがよくて、それはそれで笑えたのだ。

「かっこよすぎるんだけどー」

「マリオ背ぇ高すぎる〜」

　本当のマリオよりもハイレベルなマリオ姿に、女子たちは大盛り上がりだった。

　走りも圧巻。

　３チーム対抗でアンカーを務め、悠々１位でゴールした。

　苦手なのは変わらないけど、こんなに人を惹きつける力があるのは、やっぱりすごいなあと思った。

「いよいよだね」

「うん、ドキドキする」

　私は、萌花ちゃんと手を握（にぎ）り合って最後の対抗リレーを見守った。

　ドキドキドキドキ……。

　色は全部で８色。

　嶺亜は１位でバトンを受け取った。

「嶺亜くんっ……！」

　手にぎゅっと力が入るのがわかった。

　桃組を応援することが申し訳なさそうに、小さく叫ぶ萌花ちゃん。

　息をのんで、嶺亜を見つめている。

　こんないい子が嶺亜の彼女で本当に良かった。

　そして遅れること数秒、凪くんは３位でバトンを受け取った。

「いけー！　凪──！」

　みんな身を乗り出して大声合戦。

　私もどさくさに紛れて声を出した。

「凪くんがんばって──！」

　沢山の声にかき消されて届くわけないけど、気持ちだけは負けないように。

　青いハチマキが風にたなびく。

　手足の長さを見せつけるように蹴りだされるストライドは、息をのむほどかっこよかった。

　毎年、選抜リレーはチームが違っても嶺亜を応援していたけど、今年は違った。

　凪くん以外、目に入らない。

　どうして──？

　そう自問して。

　私、凪くんが好きなんだ……。

　ちょっと強引なところもあるけど、優しくて自分の気持ちにまっすぐな凪くんにいつの間にか惹かれてた。

　凪くんに好きな人がいたり、凪くんのことを考えると胸が痛いのも、凪くんが好きだからなんだ。

　生まれたての気持ちにドキドキしながら、凪くんの走り
を見守る。

　凪くんは２位に上がり、嶺亜とほぼ同着で次の走者にバ
トンタッチした。

　そのあと。

　桃組は３年生の先輩が転び、順位を落としてしまった。

　青組は１位をキープしたままゴールテープを切り、優勝。

　その得点が大きく反映されて、総合優勝も果たした。

　閉会式が終われば、そのままテントや用具の片付けにと
りかかる。

　私は来賓席に並べてあったパイプ椅子を戻す係になって
いて、両手に持っては体育館まで運ぶ……を繰り返してい
た。

　地味に重労働。

　もう何往復目かわからないし、明日はこれのせいで筋肉
痛かも。

「乃愛じゃん！」

　体育倉庫を出た時、凪くんが声をかけてきた。

　体育館の向かいにある用具入れから出てきたみたい。

「凪くん、お疲れ様」

　最後にあんなにリレーで頑張ったのに、凪くんまで片付
けの係だったとは。

「優勝できてよかったなー」

「うん、選抜リレーのおかげだよ。凪くんすごかったね」

　リレーのあと凪くんは、先輩や色んな人たちに囲まれて

いてそのまま閉会式になっちゃったから、まだおめでとう
を言えてなかったんだ。

　改めて健闘を称えると、凪くんは一瞬周りに目をやって。

「ここじゃあれだからさ」

　と、私の腕をつかみ、歩き出した。

「えっ、凪くんっ!?」

　引っ張られるように連れていかれたのは、体育館裏。

　賑やかなグラウンド側とはうって変わり、ここは人気が
なくてガランとしていた。

「私、まだ係の仕事が残ってるんだけど……」

　パイプ椅子はまだまだ残ってたし、テーブルも片付けな
きゃいけない。

　気になって、そっちをチラチラ見ていると。

「もう十分仕事してたじゃん。椅子1個ずつしか運んでな
いやつもいたのに、乃愛は両手で運んでたんだから、もう
いいって」

「み、見てたの？」

　両手で運んだ方が効率がいいからそうしてただけで、特
にみんながどうとかは気にしてなかった。

「みんなどうすれば楽出来るかなんてことに頭使ってんの
に、乃愛はどうやったら早く片付くかって考えてたんだ
ろ？」

　図星だ。どうしてわかるんだろう。

「そういうの、嫌いじゃないよ」

「えっ……」

　嫌いじゃない……は、好き……？

　なんて都合よく解釈したら、ドキドキしてきちゃった。

　そんなことあるわけないのに。

「それよりさ、俺の走り見ててくれた？」

「うんっ！　すごかったね。あっという間に抜かしちゃって嶺亜に追いついたときはびっくりしちゃった」

「よかった、乃愛が見ててくれて。またぼーっとしてて見逃されてたらどうしようかと思った」

「ちょ、なにそれっ……」

　まあ、私のことだからあり得るよね。

　うん。そう思われるのはしょうがない気がする。

　半分納得しかけた私に、凪くんが笑いながら手を横に振る。

「うそうそ、ちゃんと乃愛の応援の声届いてたし」

「ええっ、ほんと？」

　さすがにそれは嘘だよね、って思う。

　だって大歓声だったし。私は最前列に行けずに後ろの方から応援していたし。

　だけど、凪くんはさらりと言ってのけた。

「乃愛の声だけは、特別だからね」

　どくんっ——。

　"トクベツ"

　その言葉が繰り返し私の中にこだまする。

　そのとき、ぶわっと風が吹いて。

　砂埃をまき散らすように、風が私たちの間を通過して

いった。

「あっ」

　いたたたた。目にゴミが入っちゃった。

　メガネを外して、タオルで目を押さえると。

　ぱしっ……と、その手をつかまれた。

　へ……？

「頑張ったごほうび、ちょーだい？」

　可愛らしくそうねだった凪くんは。

　反対の手で、私の頭に巻いてあったハチマキに触れた。

　何をするのかと思ったら、ハチマキを目元にずらして。

「えっ」

　真っ青なハチマキに視界を遮られる。

　な、なにも見えなくなっちゃったよっ……。

　──と。

　唇に、柔らかい感触が伝わった。

　……え。なに、これ。

　思考が一瞬停止した。

　とにかく、目隠し状態だから、なにがどうなってるのか
まったくわからない。

　ハチマキの下で、ひとり目をぱちぱちさせていると。

「もーいーよ」

　まるでかくれんぼでもしてたかのように言った凪くん
が、私のハチマキをもとに戻した。

　急に明るい光が目に飛び込んできて、目を細める。

　今のは……なんだったんだろう。

　まるでマシュマロでも触れたみたいな感覚だったけど。
「おーい、凪。こんなとこでさぼってんじゃねーよー」
　誰かが凪くんの名前を呼ぶ声がして、ハッと我に返る。
　こんなところに凪くんとふたりなんてっ……今さらそんなことに気づいて、私は後ろに下がって凪くんと距離をとった。
　だって、地味な私が凪くんとなにしてるのって思われちゃうもん。
「ごほうび、ありがと」
　にっこり笑ってささやく凪くん。
「えっ……」
　私、なにもあげてないけど。
「おう、今行くー」
　友達にそう返事をした凪くんは「じゃあ戻ろっか」って何事もなかったかのように、私を促し足を進めた。
　２、３歩遅れて歩く私は、凪くんの背中を見つめながら問いかけた。
　ねえ、凪くん。
　今、なにをしたの……？
　私は、凪くんになにをあげたの……？

　今日で黒澤先生の教育実習も終わり。
　女子の有志で色紙にメッセージを書いて花束を渡して、みんなで送り出した。
　その日の放課後。

「藤森」

　呼ばれてひょこひょこと黒澤先生の元へ行くと。

「ハタチになったら一緒に飲みに行こうな」

「えっ！」

　そんなことを言われてびっくりしちゃう。

　そこへ凪くんがやってきて、私の肩を引き寄せた。

「誰が行くか！　この不良教師！」

　ちょ、凪くん!?

　先生にそんなこと言っちゃっていいの!?

　焦る私とは反対に、黒澤先生はふっと笑い。「今だけの青春、楽しめよ」と、片手を軽く上げて行ってしまった。

　最後の笑顔は、心から笑っているように見えた。

　……そんなに悪い人じゃなかったのかな。

　そんな風に思っている私の横で、大きく息を吐く凪くん。

「これでやっと静かになる……」

「ん……？」

　心底ほっとしたようにつぶやく凪くんに首を傾げれば。

「乃愛はわかんなくていいよ」

　優しく笑って、頭をポンポンと撫でられた。

面倒な兄貴 ～凪side～

「はあっ!? 乃愛にキスした!?」

「まあまあまあ、落ち着けって」

　今にも胸倉をつかんできそうな嶺亜の前に両手を押し出して、なんとかなだめる。

　放課後の部室。

　体育祭のあとの出来事を話すと、嶺亜は思った通り目を剥いた。

　自分で気づいてないだろうが、かなりのシスコンだ……。

「お前が言うセリフじゃねえわ」

　はんっ、と横に息を吐いて、俺をぎろりと睨む。

「いや、なんつうか……。どうしても止められないときってあるだろ」

「ないわ!」

　……ないのかよ。

　でも俺はあったんだ。

　乃愛がメガネを外して目を押さえた瞬間。

　俺は自分の気持ちを抑えらんなくなったんだ。

　それでも、配慮したつもりだ。

　それが、ハチマキで目を隠したということ。

　余計に興奮した……ってのは言わないでおこう。

「俺だって、萌花にいくらキスしたくてもつき合うまで我慢したわ」

　はあ……とあきれたような溜息をついたあと、真面目な顔して聞いてきた。

「乃愛はなんて言ってたんだよ」

　兄貴がいるって面倒だな。

　しかも、そいつが親友だなんて。

「いや、べつになにも……」

「はあ？　なんだそれ」

「もしかして、キスしたことに気づいてないかもしんねえ」

　そう思ったら、ほっとするような、残念なような。

　きっと、ハチマキの下では目を真ん丸にしてたにちがいない。

「どういう状況だよ。まさか寝込みを襲ったわけじゃないだろうし、さすがの乃愛もそこまで鈍感じゃねえぞ？」

　嶺亜がそう言う気持ちもよくわかる。

「実は……」

　目隠ししてたことを言うかどうするか……。

　でもきっと、変態だと言われるに決まってる。

　やめておこう。

「いや、いいんだ。こっちの話」

「はあ？　つうか、合意なしに変なことしたら親友だって容赦しねえから」

「はいはい、わかってますよ、お兄様」

「お前の兄貴になったつもりはない」

　……先が思いやられる。

　もし乃愛を俺のものにできても、嶺亜っていうデカイ壁

があるんだもんな。

　黒澤がいなくなってホッとしたのもつかの間、それを考えると少し頭が痛くなった。

＊LOVE♡3＊

可愛くなりたい

　夜。お風呂を出たあと洗面所で髪を乾かして、自分の姿を鏡に映した。

「確かに前髪重たいよなあ」

　ちょっと引っ張れば、完全に目が見えないくらい長いし、おでこの隙間もないくらい量もある。

　クラスの女の子たちはみんな華やか。

　上手にメイクをしているのもあるけど、それだけじゃないと思う。

　笑顔も可愛いんだ。

　明るく色んな表情を作っているからこそ映えるメイク。

　萌花ちゃんだって。薄いメイクだけどとっても可愛いのは、愛らしい笑顔があるから。

　ニコッ。

　鏡の前で笑ってみた。

　うーん。なんか違うな。

　なんだかぎこちないの。

　口は笑っても、目は笑ってないっていうか。

　笑顔がへたくそなんだよね……。

「こわいんだけど」

「ぎゃ————っ！」

　いきなり背後から声がして、叫んでしまった。

　だ、だって！

　完全に自分の世界に浸ってたから、めちゃくちゃびっくりしちゃったんだもん。

「な、なんだよっ……」

　そんな私に驚き返しているのは。

「なんだ、嶺亜か……」

　ていうか、嶺亜しかいないよね。

「なんだとはなんだよ……」

　嶺亜は怪訝そうに首をかしげたあと、ニヤリと笑う。

「鏡の前でひとりで笑ってなにしてたの」

　うっ、やっぱり見られてたか。

　こういうの、家族に見られるほど気まずいものはないよね。

「もしかして好きなやつでもできた？」

　す、するどい!!

「あ、あの……」

「うん、何？」

　たぶん嶺亜に相談したら、男心は雑誌なんか読まなくても完璧にわかると思う。

　だけど、やっぱ恥ずかしいっ……。

「やっぱなんでもないっ……」

　嶺亜を押しのけるように洗面所を飛び出すと、2階へあがり自分の部屋に駆け込んだ。

「乃愛ちゃーん、どうしたの？」

　机に肘をついてぼーっとしていると、目の前に萌花ちゃ

んの可愛い顔。

　その唇には、誕生日に私があげたピンク色のリップが塗られている。

　思った通り。萌花ちゃんによく似合ってる。

「ねえ、萌花ちゃんはどうしてそんなに可愛いの？」

　こんなこと、真面目に質問するなんてばかみたいだけど。

　聞かずにいられないくらい可愛いんだもん。

「やだ、何言ってるの？　乃愛ちゃんの方がずーっと可愛いよ」

「……ありがとう」

　そう返されちゃうと、なんだかいたたまれない。

　地球がひっくり返ってもそんなことないのに。

　でも萌花ちゃんは優しいから、そういう風に言ってくれているんだよね。

　萌花ちゃんは、顔だけじゃなくて心の中まできれいだから。

「ねえ、私今度の土曜日に美容院予約してるんだけど、乃愛ちゃんも一緒に行ってみない？」

　そうだ！と、思いついたように、萌花ちゃんが言った。

「美容院に？　私も？」

「うん。私の担当さん、いつもセットしやすいようにカットしてくれるから、そのあとすごく楽なの」

　肩で揺れている枝毛ひとつなさそうなサラサラの髪は、カットの技にもあるのか……。

「萌花ちゃんはどこの美容院に行ってるの？」

「表参道(おもてさんどう)だよ」

「お、表参道!?」

　びっくりした。

　だって表参道といえば、カリスマ美容師さんと言われる人がたくさんいて、オシャレな女子が集う街だよね？

「うん。お姉ちゃんに紹介してもらって、それから行くようになったんだ」

　萌花ちゃんには、大学生のお姉さんがいる。これがまた萌花ちゃんによく似てとっても可愛いの。

　近所でも評判の美人姉妹、なんて言われている。

　私は、近所のお母さん行きつけの美容院しか行ったことないよ。

　やっぱり可愛い女子は違うなあ。

「じゃあ決まりね！　あとで乃愛ちゃんの分も予約しておくから。今よりもーっと可愛くしてもらおう？」

　にこっと満面の笑みで微笑まれたら、いやなんて言えず。

　私は萌花ちゃんの言うまま首を縦に振っていた。

　そして土曜日。

「ここが、大人の街……！」

　初めて表参道に来た私は、そのオシャレさに圧倒(あっとう)されていた。

　ごちゃごちゃしてないし、歩いている人の服装も、大人っぽい感じの服が多い。

　洗練(せんれん)されてるって、こういうことを言うのかな。

　連れていかれたのは、通りに面したガラス張りのオシャレな美容室だった。

「いらっしゃいませ〜」

「こんにちは。今日はよろしくお願いします」

　慣れたように挨拶して中に入る萌花ちゃんに続く私は、完全に場違いな人。

　私みたいな地味な人が来るところじゃないよ〜。

　挙動不審にペコペコ頭を下げながら入ってびっくり。

　こ、これがカリスマ美容師……！

　美容師さんたちは、私がいつも行くところみたいにおばちゃんじゃなくて。

　若くてオシャレな男の人が大半を占めていた。

　ちょっと怖いな……。

「乃愛ちゃん？　どうしたの？」

「ももも、もしかして、担当さんって男の人……？」

「そうだよ、あ、こんにちは」

「萌花ちゃん、こんにちは」

　萌花ちゃんを慣れ慣れしく名前呼びしたその人は、ハタチをちょっと超えたくらいの金髪のお兄さんだった。

　オシャレだけど、なんだかチャラい。

　……嶺亜に言ったらどんな反応するだろう。

　きっと嫉妬の鬼になるからやめておこう。

　世の中、知らなくてもいいことってあるよね。

　私は萌花ちゃんと隣り合った、真っ白いオシャレな椅子に案内された。

「今日はどんな感じにしますか？」

　なんて言われても、私にはわかんない。

　いつも、なじみのおばちゃんにお任せだから。

「あの、えっと……」

　挙動不審に目をキョロキョロ泳がせていると。

「このカタログから、イメージに近いものってあるかな？」

　担当さんが渡してくれたのは、オシャレ女子の髪型が載った雑誌。

　この中から……？

　どれも毛先はカールされていて、あちこちに向かってはねている。

　こんな髪型、現実的じゃないよね……？

　美容院ではできても、そのあと自分じゃできないもん。

　どうしようか困っていると。

「今の髪はちょっと重めだから、空気が入るような感じでカットして、これから夏になるし、思い切って色も少し明るくしてみたらどうかな？　学校とか、大丈夫？」

　こんな感じに……と示されたのは、ものすごい可愛いモデルさんの髪型。

　……って言われても、私がこんな風になるわけないし。

「はあ……」と苦笑いすると。

「実はこれ、僕がカットしたんだよね」

　その美容師さんは得意げに言った。

「えっ!?　ほんとですか？」

　こんな雑誌に載るようなカットをする美容師さんになん

て、お目にかかることはないと思ってたのに。

　さすが都会！

　ただチャラいだけじゃないんだなあ……って、美容師さんだもんね。

「きっと、すごく可愛くなると思うよ」

　ほんとうに、私がこんな風になれるの……？

　鏡に映る自分と、雑誌の中のモデルさんを見比べる。

　思い浮かぶのは、凪くん。

　私も、凪くんに釣り合うような女の子になれる……？

「顔の表情もわかるように、前髪も軽くしてみようか」

　この人にかかれば私も可愛くなれるかもしれない、なんて淡い期待を抱いちゃう。

　中学の時、先輩に目立つなと言われてからずっと地味を通してきて、いつの間にかそれがすごく楽だった。

　でも変わりたいって思ったのは初めてだった。

　それは、凪くんに恋をしたから……。

「お願いします」

　私、可愛くなりたい！

　施術は思ったより、時間がかかった。

　でも待っている間に読める雑誌もオシャレだし、途中で出されたドリンクも、フルーティーでものすごく美味しかった。

　途中でちょっぴり寝そうになっちゃったんだけどね。

「最後にカットして終わるからね」

　担当さんはすごく真剣な目で、ハサミをシャキシャキ入れていった。

　チャラいって思ってごめんなさい。

　薬液を塗るときも、ハサミを入れている今も、目は真剣そのものだったから。

　きっと、このお仕事にすごく誇りを持っているんだろうなって伝わってきた。

「終わったよ、お疲れ様。どうかな？」

　手鏡を渡されてびっくり。

　誰……？って思うくらい鏡の中の私は変わっていた。

　重くて日本人形みたいだった髪は、首を振ればサラサラと動いて、ほんのり茶色くなっている。

「す、すごい変わりましたね……」

　私の驚きに、担当さんも満足そうに笑う。

「うん。思った以上にいいよ。毛先を巻いてあげると、さらに女の子らしさがアップするんだけど、巻いてみていい？」

「私、巻いたことないんですよね……」

　女子力のなさを披露するようで恥ずかしかったけど正直に言うと。

「だったら教えてあげるよ」

　不器用な私にもできるように、担当さんは丁寧に教えてくれた。

「はい、完成」

「うわあ……」

　　自分の毛先がクルンとなってるなんて不思議。

　　何度も触っちゃう。

「めちゃ可愛いわ……」

　　担当さんは、口に手を当てながら目を見開いている。

　　ん?

　　担当さん、顔が真っ赤なんだけど。

　　そんなに暑いのかな?

「乃愛ちゃん、すっごく可愛いよ!　絶対にこうなるって
わかってたけどね」

　　先に終わって後ろのソファに座っていた萌花ちゃんも
すっ飛んできて、すごく褒めてくれた。

　　可愛い萌花ちゃんに言われると、なんだか恥ずかしい。

「そ、そうかな」

　　まだ自分の姿が見慣れなくて落ち着かないし。

　　他の美容師さんたちも集まってきて、可愛い可愛いを連
呼してくれる。

　　都会の美容師さんって、こうやって褒めるところまでが
セットなのかな?

「もしよかったらなんだけど、お店のサイトに藤森さんを
アップしてもいいかな」

「えっ。私を……ですか……?」

　　そんなにカットがうまくいったのかな?

「ぜひ!」

　　そう言われてしまい、だったらメイクをしましょうって
ことになって、女性の美容師さんが軽くメイクをしてくれ

た。

「うわー、ほんとに可愛い。藤森さん、モテるでしょ？」

「ぜんぜんですよっ」

　私がモテる？

　そんなこと初めて言われてあたふたしちゃう。

　萌花ちゃんなら何百回も言われてるだろうけど、私に言ったらからかわれているとしか思えないよ。

　それから、本格的なカメラで何枚か写真を撮られた。

　サイトに載せるから見てね〜なんて言われたけど、きっと社交辞令だよね。

　美容院を出た後、萌花ちゃんと買い物をしたりカフェに行ったりしたんだけど、色んな人にじろじろ見られている気がした。

　萌花ちゃんは可愛いから普段から注目を浴びているけど、一緒にいる私は落ち着かない。

　でも今日はその視線がいつもより多い気がするんだ。

　やっぱり都会だからなのかな？

「うわあっ、びっくりしたあっ!!　誰かと思った」

　嶺亜は私を見て、お箸を落とす勢いで驚いた。

　家に帰ると、ちょうど家族はご飯を食べているところだった。

　萌花ちゃんとのお喋りに花が咲いて遅くなっちゃったんだ。

　そんなに私、変わったかな？

　……まあ、変わった自覚はあるけど。

「乃愛っ、めーっちゃ可愛いじゃない！」

「すっかりあか抜けたな。乃愛は元が良いからなあ」

　お母さんもお父さんも大絶賛してくれた。

　そりゃあ娘だからそう言うと思うけど、似合わないって言われなくてホッとした。

　夜、自分の部屋でメイクの練習をしていると、嶺亜が入ってきた。

「萌花と美容院行ったんだって？」

　早速、萌花ちゃんから聞いたみたい。

「うん」

「なるほどなー。へー……」

　顔を近づけて、食い入るように私の顔を見てくる。

　な、なによっ。

　いくら嶺亜だって、じっくり顔を見られたら恥ずかしい。

「なあ、思い切ってコンタクトにしてみたら？」

　なんて、嶺亜は思いがけないことを言う。

「コンタクト？」

「ああ。そこまでイメチェンするなら思い切ってメガネも外してみたらいいじゃん」

　軽く言うけど。

「メガネなかったら、落ち着かないよ……」

　私にとっては、1枚壁があることがどれだけ落ち着くか。

　もう視力だけの問題じゃないもん。

「メガネをかけてるのが悪いことだとは思わないけど、そ

れが乃愛の安心材料なら取った方がいいと俺は思うんだ」

　いつになく、真面目な嶺亜。

「え……」

「乃愛はもっと積極的になった方がいいよ。せっかく前髪も軽くなったんだし、メガネ取って顔をあげてみたら？」

　先輩に目をつけられたことは嶺亜に言ってない。

　でも、もしかしたら萌花ちゃんから聞いて知ってるのかな。

「変わるなら、今がチャンスだよ」

　その言葉が、すごく魔法の言葉に聞こえた。

　変わるなら、今。

　私だって、変わりたい。

　ダサくて地味な自分がすっごくイヤ。

　だけど、それが楽で自分でそうしてたところもある。

　でも、凪くんに釣り合う子になりたいと思うようになって、少しでも可愛くなりたい、可愛く見られるように努力をしたいって思ったんだ。

　凪くんが言ってくれる「可愛い」は、萌花ちゃんに向けられるような「可愛い」じゃないってことくらいわかってる。

　地味な私が照れて赤くなったり、その反応がそう見えるってことで。

　ちゃんと、可愛って思われたい。女の子として。

　だから、決めた。

「……うん、そうしてみる」

　学校へ行くまでずーっとドキドキしてた。

　高校デビューとか言われて、笑われたらどうしようって。

　結局、日曜日にコンタクトを買いに行ってきたんだ。

　生まれて初めてのコンタクトはすごく違和感があったけど、世界が今まで以上にクリアになった気がした。

「えっ!?　藤森さんっ……?」

　教室に入ると、わーっと私の周りに人が集まってくる。

　え、え……。

　突然囲まれて、私はパニック。

「やだ、めっちゃ可愛いじゃん!」

「すごい似合ってる〜」

　女子だけじゃなくて、男子も。

「うわー、藤森さんその髪いいじゃん」

「すげー可愛い」

　ど、どうしよう。

　急に注目を浴びちゃって、私はオロオロ。

「やっぱりそうだ!　アプリでヘアカタ見てたらすっごい可愛い子が出てきたんだけど、どこかで見たような気がしてたんだよね。これ、藤森さんでしょ?」

　そう言ったクラスメイトの前田さんのスマホを、みんながのぞき込む。

「ほんとだー」「すごい可愛い〜」なんて声があがる。

　……え?　わたしがヘアカタログに……?

「この美容院、一度行ってみたかったんだよね〜」

「知ってる〜。芸能人も結構行ってるとこだよね!」

　美容院……？

　あっ、美容院で撮られた写真のことか！

　本当に載ってたんだ……。

　いいカメラで撮ってくれたから、きっと100倍くらい映りが良くなってるんだと思う。

「本物のモデルさんみたいだよー。写真だから加工されてることも多いけど、ほら、そのまんまだもん！」

　前田さんは周りの人たちにその画像を見せて、今の私と見比べた。

「透明感とかそのまんまだよね！」

「芸能人みたい」

　ええっ。どんな映りなんだろう……。

　気になるけど恥ずかしくて見れない。

　でもよかった、笑われなくて。

　あれこれ言われるかと思ってドキドキしてたけど、心配して損しちゃった。

　逆に、こんな反応にビックリだけど。

　その日一日、私はずっといろんな人に囲まれていた。

モヤモヤする ～凪side～

　週が明けて。教室に入ると、ある一角に人だかりができていた。

　女子と男子、入り乱れるように群がっている。

　……なんだ？

　そこは乃愛の席がある辺りだけど、乃愛が囲まれるなんてないよな……と自分の席に行きかけて。

「は……？」

　誰……？

　見たことのない奴がいると思ったその直後、俺は目を疑った。

　やっぱりその中心にいるのは乃愛だった。

　けれど、金曜日までの乃愛じゃない。

　髪を少し明るく染め、毛先を巻いて、ほんのり化粧したその姿……。

　ちょ、ちょ、ちょ、待てよ。

　ドクドクと高鳴る鼓動を抑えつつ、遠くから乃愛を眺める。

　おさげはどうしたんだよ。メガネは！！！

　……まずい。まずいだろ。

「藤森さん、めちゃくちゃ可愛くなってびっくりしたよー」

「やっぱり嶺亜くんと双子だけあるよね〜」

　今まで乃愛に目もくれてなかったヤツらが絶賛している。

　そうだよ、乃愛は可愛いんだよ！！

　乃愛の可愛さは俺だけが知っていればよかったのに。

　どうして急にイメチェンしてんだよ。

「おいおい大変、藤森さんがメッチャ可愛い！」

　興奮しながら俺のところに来たのは祐樹。

　俺は平静を装って言う。

「は？　だから？」

　祐樹に当たっても仕方ないけど、イライラしているから
つっけんどんな言い方になった。

　本当は、内心焦りまくっていた。

「だからじゃねえよ。これ見てみろよ。カットモデルっつ
うの？　サイトにも載ってんだよ」

　見せられたスマホを覗けば、少し恥ずかしそうにはにか
む乃愛が映っていた。

　カットの参考に、俺もネットで画像を調べることはある
が……。

　マジかよ。いきなり全国デビューかよ……。

　そりゃ可愛いから当然だよな。

「べつに興味ないし」

　もっと見たくてたまらないくせに、画面から目を逸らし
た。

「なんだよーまたノリ悪いな」

　祐樹はそう言うと、鼻の下を伸ばして乃愛を囲む輪の中
へ入っていった。

　俺だって行きたいけど、その他大勢になるなんてごめん

だ。

　それから、休み時間のたびに知らない男がたくさん教室
にやってきた。

　乃愛がイメチェンしたウワサはあっという間に広まった
らしい。

　もともと、嶺亜の双子の片割れってことで名前は知れて
いた乃愛。

　その乃愛が急に可愛くなったものだから、男どもが放っ
ておくわけはない。

「邪魔」

　俺はわざと聞こえるように言い、入り口をふさぐ男に肩
をぶつけて廊下に出た。

「痛えなあ」

　……痛えなじゃねえよ。ハイエナども、失せろ！

　向かうは、嶺亜のところ。

　5組につくと、のんきに喋ってる嶺亜の元へ、まっすぐ
歩いていく。

「きゃっ、凪くんだっ」

「凪くんどうしたのー？」

　なんて女子の猫なで声はフル無視だ。

「おい」

　嶺亜の机の上に手をバンっと乗せると、俺を見て「おー」
と言った。

　おーじゃねえよ、おーじゃ。

「乃愛になにがあったんだよ」

　　眉間にシワを寄せたまま尋ねると、嶺亜は面白そうに
ふっと頬を緩めた。

「可愛いだろ？　もっとお前好みになったんじゃねえの？」

「そうじゃねえよ！」

「萌花が行きつけの美容院に連れてったらしいよ」

「はあ？　なんのために」

「で、どうせならコンタクトにすればって勧めたのは俺」

「余計なことしやがって！」

　　俺が食ってかかると、まあまあまあ、ととりなす。

　　はあ……意味不明すぎて頭を抱えたくなる。

「いーじゃんいーじゃん、俺も乃愛が注目浴びて兄として
嬉しいし」

「そんなのんきなこと言ってる場合かよ。乃愛が可愛いの
がバレてどうすんだよ！」

「ライバルが多い方が燃えるだろ？」

　　こいつ、ドＳだ。

　　親友の恋路を応援する気はあるのかよ。

　　これじゃあ、彼氏になるどころの話じゃないだろ。

　　ライバルは今日一日で山のように膨れ上がったはずだ。

　　なんで急にイメチェンなんて。

　　もしかして、誰か好きな男でも出来たのか？

　　俺は不安で仕方なかった。

　　お昼休み。

「凪くんっ……」

　乃愛が話しかけてきた。

　今日はいつもの朝の挨拶ができなかった。

　乃愛の周りに人だかりが出来ていたせいだ。

　乃愛から話しかけてきてくれるなんて、天にも昇る嬉しさなのに。

「なに？」

　ついそっけない返事をしてしまった。

　だって、俺以外に可愛い顔を見せるから。

　しまった、と思ったときには遅かった。

　目をふせ、ぎこちなく唇を上げる乃愛。

　せっかくの可愛い顔が歪んでいる。

　今日はメガネがなくて、その顔がよく見えるっていうのに。

「ううん、なんでもない……」

　乃愛は身をひるがえし、逃げるように教室を出て行ってしまった。

　おそらく、今日は会うやつ会うやつ全員に「可愛い」と言われたであろう乃愛。

　だけど、俺はそのひと言を言ってやれなかった。

　だって、俺はもっと前から乃愛のことを可愛いと思ってたんだ。

　乃愛に可愛いって言うのは、俺だけでよかったんだ。

　そんな、俺のちっぽけなプライドが邪魔をした。

「嶺亜の妹、めっちゃくちゃ可愛いかったんだな」

「今まで隠してたなんて卑怯だぞ」

「俺は可愛いと思ってたけどなー」

　部活に行けば行ったで、部員たちが乃愛をネタに騒いでいた。

　やいのやいのつつかれている嶺亜は、そんな奴らをばっさり斬る。

「乃愛が可愛いかったところで、お前らにチャンスはねえからな」

　この牽制（けんせい）は俺のためか？

「頭ん中、エロしかねえお前らに乃愛はやらねえよ」

　ちがう。シスコン丸出しなだけだ。

　でもあれだけ可愛いかったら、シスコンも許されるだろうな。

「はー？　兄貴なんて怖くねーし」

「だよな」

　なに一致団結（いっちだんけつ）してんだよ。

「なあ、凪同じクラスだろ？　紹介してくれよ。兄貴使えねえし」

「は？　やだよ」

　誰が紹介するか。こんなケダモノたちに。

「もしかして凪だけ抜け駆けしようとか考えてんじゃねえよな」

「それずりーぞ!!」

「アホか」

　俺は乱暴にＴシャツをかぶり、まだ騒いでいるバカども
を置いて体育館へ向かった。

期待しちゃうよ

「おはよう藤森さん」

「おはよー」

　今日も教室に入ると、色んな人が挨拶をしてくれた。

「お、おはよう」

　でも、なんとなく慣れなくて返す言葉もぎこちなくなっちゃう。

「おはよー、藤森さん」

「お、おはようございます……」

　男の子に声をかけられるのは、もっと。

　中身は何も変わらないのに、イメチェンしただけでこんなに周りからの扱いが変わるなんて思ってもみなかった。

　確かに、今までの私は地味すぎて話しかけにくかったよね。

　下を向いて、話しかけにくいオーラを出していたんだし。

　でも。

　こんなはずじゃなかったのになあ……。

　一番見てほしかった凪くんが、すごくそっけないのが悲しい。

　今日も、凪くんは「おはよう」って言ってきてくれなかった。

　教室に入ると、まっすぐ自分の席に向かって行っちゃったんだ。

　どうして……？

　お昼休み。
　教室でお弁当を食べて萌花ちゃんとお喋りしていたんだけど、なんとなく元気が出ない。
　胸の中に大きな塊（かたまり）がひっかかってるみたいに、どんより気持ちが重いんだ。
「乃愛ちゃん、なんだか元気ないね」
　萌花ちゃんに見抜かれちゃった。
　そう言われたら、へこんでる自分の気持ちをさらに自覚しちゃって。
　じわっと目に涙が浮かんできた。
「えっ？　どうしたのっ!?」
　慌てだす萌花ちゃん。
　そうだよね、こんなとこで急に泣いたらびっくりするし困るよね。
「ごめんっ……」
　走って教室を飛び出すと、萌花ちゃんは追いかけてきた。
　廊下の端っこ。人気のない階段の前。
「どうしたの？　私に話してくれる？」
　優しい萌花ちゃんの言葉に、私は素直にうなずいた。
「昨日から、凪くんがすごくそっけなくて……」
「えっ……」
「私なにかしたかな。きらわれちゃったのかな……」
　声にしたらもっと悲しくなって。

　目の前がぼやけたと思ったら、涙がぽろぽろっと零れて<ruby>零<rt>こぼ</rt></ruby>れてきた。

「ねえ乃愛ちゃん。もしかして……新城くんのことが好きなの？」

　こくん。

　私は隠すことなくうなずいた。

　萌花ちゃんに私の気持ちを打ち明けるときは、もっとドキドキして嬉しい気持ちだと思っていたのに。

　こんな苦しい気持ちで伝えるなるなんて……。

「やっぱり私は地味のままが良かったんだよ。こんな風にしなきゃよかったかな……」

　軽くなった髪の毛に触れる。

「そんなこと言わないの！　だって乃愛ちゃんが大変身してクラスのみんなから大好評だったでしょ？　新城くんはその……きっと照れてるだけだよ！」

　ありがとう、萌花ちゃん。

　フォローしてくれる気持は嬉しいけど、きっとちがうよ。

　なに調子乗ってんだ、ってあきれてるのかも。

「ううん。凪くんだけだもん、あんな反応。もう、きらわれた……」

「そんなことないよ。それに、新城くんは乃愛ちゃんがイメチェンする前からずっと仲良くしてくれてたでしょ？　そうだ、やきもち妬いてるんだよ！」

「そんなこと……」

「もっと自信持って」

　そんな私に、よしよし、とでもいうように頭を撫でてくれた。

　萌花ちゃんは、ときどきお姉ちゃんみたい。

　すごく頼りになって、癒される。

　萌花ちゃんが友達でいてくれて良かった。

　友達には永遠はあるのに、好きな人とはどうしてそうなれないのかな。

　凪くんをずっと友達だと思っていればよかったのかな。

　私が好きになったから、おかしくなっちゃったのかな。

　好きとか恋とか、そんな感情がなければ、こんな思いもしなくて済んだのに。

「あ、乃愛ちゃんいたいた！」

　そのとき、パタパタと駆け寄ってきたのは、去年同じクラスだった美波ちゃん。

「乃愛ちゃん、ちょっと今時間いいかな」

　なんだろう。

「……うん。萌花ちゃん、ちょっと行ってくるね」

　萌花ちゃんにそう告げ美波ちゃんについて行くと、そこには知らない男子がいた。

「ほら、あとは自分で何とかしなさいよ」

　その男子に小声で言うと、美波ちゃんは「じゃあね」と手を振り行ってしまい。

　えっ……。

　その場に残される私と男子。

「あっ、あの話があるんだけど、ちょっといいかな」

　目の前の男子は顔が真っ赤で、すこしキョドりながら頭をかいた。

「は、はい……」

　私がそう言うと、ほっとしたような顔で歩き出す。

　どこに連れていかれるんだろう。

　ていうか、何の用なのかな。

　不思議に思いながら連れていかれたのは、人気のない昇降口だった。

　彼は私に向き直ると、真っ赤な顔のまま口を開いた。

「俺、8組の小林 祥っていうんだけど。その……藤森さんのことが好きなんだ。俺とつき合ってくれないかな」

　え？　私のことが好き……？

　突然の告白に、頭が真っ白になる。

　だって、告白されるなんて生まれて初めてだから。

　もしかして、相手をまちがったりしてない？

　それとも、罰ゲーム？

「ダメ、かな」

　小林くんは、不安そうな目を向けてくる。

　えっと……本気、なの？

「あ、あの……」

　どうしよう。

　私は凪くんが好き。

　だから小林くんとはつき合えないけど。

　こんなとき、なんて言ったらいいの？

　　初めての経験に、あたふたしちゃってなにも言葉が出て
こない。

　　萌花ちゃん！　心の中で助けを求めたとき。

「乃愛！」

　　焦ったように私を呼ぶ声が聞こえた。

　　誰かが助けに来てくれた――救いを求めるようにすがっ
た目線の先にいたのは。

「な、凪くんっ!?」

　　息を切らした凪くんが、そこに立っていた。

　　どうして凪くんがここに!?

「新城!?」

　　小林くんも、凪くんの登場に目を丸くしている。

「乃愛、行くよ」

　　凪くんが、私の腕をつかんだ。

　　えっ！

「で、でも……」

「乃愛にちょっかいかけんのやめてくんない？」

　　そして、小林くんに睨みを利かせる。

「ちょっかいってなんだよ。俺は藤森さんに告白してただ
けだよ」

「だから、それが迷惑だっつってんの」

「は？　新城は藤森さんのなんなの？　べつに、彼氏でも
ないくせに」

　　小林くんは困惑気味に凪くんを見上げ、そして言葉を続
ける。

「俺は、本当に藤森さんのことが好きなんだ」

「好きって、いつから？」

　凪くんは挑発するように言葉をかぶせ、ジリッと詰め寄る。

「早くても昨日だろ？」

「それはっ……」

「イメチェンした乃愛見て好きになったとか、ふざけたこと言わねえよな？」

「……」

　問い詰められた小林くんは、ついに黙ってしまった。

「昨日今日乃愛を好きになったお前に告る権利なんてねえんだよっ!!」

　凪くんがそうとどめを刺すと、小林くんは悔しそうに唇をかんで走り去ってしまった。

　な、凪くん。なにもそこまで言わなくても……。

「ふー……」

　大きくため息を吐き出した凪くんは、今度は私に向き直った。

　ビクッ。

　顔は怖いまま。私は身構えた。

「どうしたの、この髪」

　少し茶色くなった私の髪を、手のひらですくう。

　さらさらと肩に落ちていく髪の毛。

　凪くんに触れられて、髪の毛一本一本に神経が通っているかのように、ドキドキする。

「そ、それは……」

　凪くんに少しでも可愛いって思われたかったから。

　でも、そんなこと言えない。

　バカみたいって思われるのはわかってるし。

　……そうだよね、全然似合ってないよね。

　萌花ちゃんじゃあるまいし、私がいくら変身したところ
で、元のダサさや地味さは隠せるわけないんだ。

「無防備にそんな姿さらけ出して。もっと危機感持ってよ」

　ずきん。

　そんな姿……なんて言われて、胸がぎしぎし痛んだ。

「ちょっと目ぇ離した隙に、呼び出されてるし」

　だったらどうして、凪くんはこうして今も私に構う
の……？

　そうされなければつらくないのに。

「もっと自覚してよ」

　うっ。ダメだ。涙が出てきちゃう。

「……わかった。やっぱり私はこっちの方がお似合いだよ
ね……」

　ポケットに忍ばせていたメガネを取り出した。

　いつでも前の姿に戻れるように、メガネと髪ゴムは一応
持っていたんだ。

「は？　何してんの」

「私なんて……なにをやっても可愛くなれないもんね……」

　その場でコンタクトを外そうとすると。

「私なんて、とか言うなよ」

その手を止められた。

え？

全然話がかみ合わなくて混乱する。

自覚してって言ったのは凪くんでしょ？

そうすれば凪くんは満足するんでしょ？

「それ以上自分を卑下するようなこと言ったら、その口ふさぐよ？　……この間みたいに」

凪くんの目が、怪しげに細くなる。

この間みたいって。

あの、その。やっぱり体育祭のとき……。

ダメダメっ！

私は両手を重ねて自分の口の上に当てた。

だって、あんなことされたら……心臓持たないもん。

直立不動のまま、ずっと口を押さえていると。

「そうされてんのも地味に傷つくけどな」

「あっ……」

「あー、なんかムカつく」

そう言うと、腕をぎゅっと引っ張られ、凪くんの胸の中に閉じ込められた。

えっ？　えっ？

ムカつくって言われてるのに、どうして抱きしめられてるの？

言葉と行動があってなくて、頭の中がこんがらがっちゃう。

凪くんの胸の中。真っ暗になる視界。

　どくんどくん……凪くんの鼓動が聞こえる……。

「乃愛さ、自分がどんだけ可愛いか自覚しろよ」

　か、可愛い!?

「いい加減気づけよ……っ」

　私を抱きしめながらどこか余裕なさそうにつぶやく凪くん。

「あ、あの……」

「乃愛は、ずっとずっと前から可愛いかったよ」

　耳元に、凪くんの甘い囁きが届いた。

「……っ」

　一番欲しかった、凪くんからの『可愛い』。

　これって、どういう意味?

　まだちょっとだけ、期待を残してもいいのかな……?

＊ LOVE ♡ 4 ＊

同居開始！

「ただいまー」

　家に帰ると、お母さんがリビングの隣にある客間をせっせと掃除していた。

　客間と言っても泊まりに来る人なんていないし、家族はリビングで過ごしますから、今は荷物置き場みたいになっているんだけど……。

「掃除なんてしてどうしたの？」

　カバンを肩にかけたまま顔を覗かせると、ここでようやくお母さんは私が帰ってきたことに気づいたみたい。

「あら、乃愛おかえり」

　そう言いながらも、畳の上を水拭きする手を止めない。

　山のようにあった荷物は、すっかりきれいに片付けられている。

　あれがどこに行ったのかと思うと、ちょっと恐ろしいけど……。

「あのね、今度の月曜日から1ヶ月くらい、嶺亜の友達を預かることになったのよ」

「えっ!?」

　なにそれっ！　聞いてないんだけど！

　今度の月曜って、今日は金曜日だからもう週明けから？

「ちょっと待ってよ！　それどういうこと!?」

　嶺亜の友達ってことは、同じ高校の人だよね。

　そんな人と１ヶ月も一緒にこの家で暮らすなんて困る
よ。

　お母さんってば、なにを考えているんだろう。

　だって、仮にも私は女の子。

　同年代の男の子としばらく一緒に暮らすとか、絶対に無
理！！

「お母さん同士も知り合いなのよ。そこのお姉ちゃんに赤
ちゃんが生まれてね、ちょっと遠くに住んでるんだけどお
世話がてら赤ちゃんに会いに行くんだって。お仕事もリ
モートで出来るから、休みと合わせて。そこのおうち、お
父さんがいないから、嶺亜の友達がひとりになっちゃうの
よ。ひとりで置いていくのって不安でしょ？　だったら家
で預かるわよって言ったの」

「だからって……」

「考えてみてよ。嶺亜がこの家でひとりで暮らすってこと
を想像したら、絶対に無理でしょ？」

「そ、それはそうだけど……」

　確かに嶺亜はお米を研ぐことすら怪しい。

　家事だってなんにもできない。

　ひとりでこの家に放置したら……考えただけでもぞっと
するけど。

「その人、私にとっても同級生だよね？　そういうの、結
構気まずいっていうか……」

　凪くんが泊まりに来た時でさえ、ドキドキしたのに。

　お風呂とか洗濯とか、どうなるの!?

「大丈夫よー。だって、一度この間泊まりに来てるし」

「へっ？」

　あっけらかんと言ったお母さんの言葉に、私は固まる。

　この間泊まりに来た？　それって……。

「ほら、凪くんよ。乃愛、同じクラスなんだって？」

　私はあまりの衝撃に、口をポカンと開けたまま声が出なくなった。

「てことだから、凪くんにはこの客間を使ってもらおうと思ってね」

　そして、鼻歌を歌いながらせっせと畳を磨き上げる。

　うそでしょ。

　来るのは凪くんなの……？

「えええええ————っ!?」

　ようやく事態が飲み込めて、私は大きな声をあげてしまった。

　だ、だって、そんなことがあっていいの!?

「ってことで、よろしくね」

　お母さんは鼻歌を歌いながら、雑巾を洗いに行ってしまった。

　取り残された私は、ぼーぜんとその姿を見送る。

　待ってよ……。

　凪くんがこの家に１ヶ月住むの？

　１日だけ泊まりに来るのとはわけが違うでしょ？

　どうしたらいいのー!?

　そして、あっという間に月曜日はやってきた。

　バスケ部に入っている嶺亜は、帰ってくるのは7時近く。

　凪くんも、一緒に帰ってくるんだと思う。

　先に帰ってきた私はさっきから落ち着かなくて、家の中を行ったり来たり。

　学校では「今日から1ヶ月よろしく」って凪くんに言われて、そこでほんとにほんとなんだって覚悟を決めた。

　綺麗になった和室には、布団が一組。

　テーブルもテレビもあるから、不自由なことはなさそう。

　……ここで、凪くんが寝起きするの？

　好きな人とひとつ屋根の下で生活するって、想像がつかない。

　ふたりきりじゃないけど、緊張感はほとんど変わらない気がする。

　だって、普段の生活が見られちゃうんだよ？

　1日だけだったら猫をかぶっていればいいけど、しばらくいられたらそうもいかない。

　夜にお菓子を食べるのだってためらうし、リビングでゴロゴロなんて絶対出来ない。

　普段の私を見て幻滅……なんてことになったらどうしよう！

「ただいまー」

　帰ってきた！

　嶺亜の声が聞こえ、私はさーっと2階へ身を潜めた。

　階段の上から様子を窺い、じーっと聞き耳を立てる。

「お邪魔します」

　嶺亜に続けて聞こえてきたのは凪くんの声。

　やだ、どうしよう、ほんとに来ちゃった！

　一気に心拍数が跳ね上がる。

「あらいらっしゃ〜い！　遠慮しないで、自分の家だと思っ
て過ごしてくれていいからね」

「はい、ありがとうございます」

　私は階段の上で行ったり来たりしながらそわそわが止ま
らない。

「凪くんはこの部屋を使ってね」

「えー、いいんですか。こんなに広い部屋を使わせていた
だいて」

「いいのよいいのよ〜」

「この間必死に掃除してたもんな。ここゴミ部屋だったか
ら。凪が来てくれてキレイになってよかったわ」

「れ、嶺亜っ！　そういう余計なことは言わなくていい
の！」

　嶺亜がバラしてお母さんが焦ったような声を上げる。

「はははは〜」

　それに対して明るく凪くんが笑い、なごんでいる階下。

　それからお母さんは、凪くんにお風呂や洗面所の場所な
どを案内しているようだった。

　その間も、私はずーっと聞き耳を立てていた。

「なにしてんの？」

「うわっ……！」

　すると嶺亜だけが2階にあがってきて、そんな私を不審
そうに眺める。
「……凪なら下だけど。呼んでくる？」
「い、いやっ、べつにそういうわけじゃないからっ……！」
　私は慌てて自分の部屋に駆け込んだ。
　もしかして、凪くんを待ってるとか思われた？
　ばくばくばくばく……。
　いまだに鼓動は暴れていて、深呼吸する。
　壁にかけてある鏡に映った自分の顔は、すでに真っ赤。
　絶対、嶺亜に変に思われたよね。
　これから、家の中のいろんなところで凪くんに鉢合わせ
したりするのかな。
　お風呂や洗面所とか……。
　考えただけでも、体が爆発しそうだよ。
　両手を頬に当てる鏡の中の私は、しばらく赤いままだっ
た。

　すっごい幸せな夢を見ていた。
「……乃愛」
　甘い声で私を呼ぶ凪くん。
　夢で凪くんに会えるなんて幸せ。
　しかも、凪くんにぎゅーって抱きついてるの。
　私ってば、なんてエッチな夢見ちゃってるんだろう。
　こんなの、絶対に凪くんに言えない。
　夢って、願望がそのまま現れたりするって言うけど。

　私、欲求不満なのかな？

「ふふっ」

　でも夢だもん。いいよね。

　体を横にして掛け布団を抱きしめるようにして、また眠りにつく。

　すごくあったかい。

　まだ起きたくない。

　もっともっと凪くんに会っていたいから。

　すると、また凪くんが名前を呼んでくれた。

「のーあ」

　……ん？

　でもなんかヘン。

　この声、夢じゃないみたい。

　とってもリアルに感じる。

　リア、ル……？

　夢と現実のはざまにいた私は、一気に現実の方へ行って。

　ぱち。

　目を開けると、なぜか私の顔の目の前に凪くんのドアップ。

「幸せそうに眠ってるとこごめんね。でももう朝なんだよ」

　なんとベッドに凪くんが横たわっていた。

　そして、私が抱きついているのは。

　……掛け布団じゃなくて、凪くんっ!?!?

「ひゃあああああああっ！」

　一気に頭が覚醒して、大声をあげてしまった。

　　ちょちょちょっと！

　　これ一体全体どういうこと!?

　　私が見てたのは夢だったんじゃないのっ？

「しーっ、しーっ！　騒ぐとおばさん来ちゃうから」

　　凪くんは私の口に人さし指を立てる。

「ちょっと、離してっ……」

　　離れたいのに、体が密着してて離れないんだ。

「離してって、抱きついてきたのは乃愛だからね？」

「わ、私は全然記憶になくって、布団かとっ……」

　　心臓はもう破裂寸前。

「ふふふっ」

　　イジワルく笑った凪くんは、ようやく私の体を離してくれた。

「ど、どうして、ここに凪くんが……」

　　今度こそ布団を抱きしめながら、ベッドの上に正座する。

　　カーテンの間から差し込む光が、凪くんの髪の毛をキラキラ照らしている。

　　朝からなんてかっこいい……って、そんなこと考えてる場合じゃない!!

「おばさんに、嶺亜と乃愛を起こしてきてって頼まれたんだ」

　　凪くんは、悪びれた様子もなくさらっと言った。

　　お母さん!!!

　　私は仮にも女の子だよ？

　　嶺亜はいいとして、私を起こしてきてって、どういう神

経してたらそんなこと頼めるんだろう。

「そ、そうだったんだ。あ、ありがとう……」

　でもそんなことは言えず、とりあえずお礼を言う。

　凪くんは、片肘をつきながら私のベッドに横たわったまま。

「このベッド寝心地いいね。畳に布団もいいけど、やっぱベッドってふかふかだし」

　凪くんが上下に体を動かし、ぼよんぼよんと弾むスプリング。

「えっ……」

　それは、譲れということ？

　べつに構わないけど……。

「だから、今日から一緒に寝よっか」

「……っ！」

　違った。もっとあり得ない頼みだった。

　今度こそがっちがちに固まった私を、凪くんは横になりながら面白そうに眺めている。

「ふふっ」

　からかって楽しんでるんだ。

　ううう……。

「可愛い。これから寝起きの乃愛が毎日見れるのかと思ったら、楽しみでしょうがないよ」

「なっ……」

「ほら、早く起きないと遅刻するよ」

　そう言うと、凪くんはベッドをぴょんとおりて部屋を出

ていった。

　——バタン。

　閉まったドアを呆然と見つめる。

　……今のは一体何だったの？

　人の形にへこんだ部分を触れば、凪くんのぬくもりが
残っていた。

　はあっ……初日からこんなんで、私これからどうなっ
ちゃうんだろう……。

　それからすぐに身支度を整えて、お弁当を作って、ご飯
を食べて。

「行ってきます！」

　私は凪くんから逃げるように家を飛び出した。

狼さんにご用心

「えーっ！　新城くんが乃愛ちゃんの家に!?」

　学校について、さっそく萌花ちゃんに話すと、目を丸くして驚かれた。

　実際昨日を迎える前ではまだ半信半疑だったから、萌花ちゃんにも言ってなかったんだ。

　珍しく、嶺亜からも聞いてなかったみたい。

「そうなの……私１ヶ月どうやって過ごせばいいんだろう」

　言って、机に突っ伏した。

　好きな人とひとつ屋根の下って、やっぱり心臓に悪いや。

　朝のあれは……本当に死ぬかと思った。

　凪くんって私のことをすごく翻弄するのがうまいし、私は対処の仕方がいまだにわからずおどおどしちゃって。

　完全にやられっぱなしだった。

「でもさ、チャンスだよ！」

　萌花ちゃんのウキウキした声に顔を上げると、声の通り顔が紅潮している。

「チャンス……？」

「そう！　今まで以上に新城くんとお近づきになれるし、乃愛ちゃんのいいとこいーっぱいアピールできるもん！」

　萌花ちゃんはそう言ってくれるけど……。

「私にいいところなんて……」

「あるよ！　乃愛ちゃんとーっても優しいもん。お料理も

上手だし、そういうの見たら新城くんもイチコロだって！」

「萌花ちゃん……」

　萌花ちゃんの口からイチコロなんて言葉が出てくるとは思わなかったよ。

　うふふっと笑顔を見せる萌花ちゃん、天使だなぁと思っていると。

「乃愛、どうして先行っちゃったんだよ」

　登校してきた凪くんが、さっそく私のところへやってきた。

　きゃっ！

　朝のことを思い出して、心臓がばくんっと跳ね上がる。

「え、だ、だって……」

「同じとこに行くんだから一緒に行けばいいじゃん」

「でも、嶺亜といつも一緒に行ってないし……」

「嶺亜と行ってなくても、しばらくは俺がいるんだから、一緒に行こうよ」

　ムリムリムリムリ！

　イメチェンはしたけど、べつに目立つことに慣れたわけじゃないし。

　嶺亜、そして凪くんも一緒になって登校したら、絶対にまたあれこれ言われるに決まってる。

　目立たないに越したことはないよ。

「わ、私はひとりで行きたいから……」

　なんとか意思を貫くと、

「ふーん」

　凪くんは面白くなさそうに唇を尖らせた。

　夕飯は、いつもお父さんも一緒。

　凪くんは社交性がすごくあるから、お父さんともお母さんとも上手に会話をしていてすごいなーって思っちゃった。

　私は同級生と会話するのだっておどおどしちゃうのに。

　私にはないスキルだよ。

　家族の前では、凪くんは私にヘンなちょっかいをかけてくることもなくて、一安心。

　賑やかな夕飯を終えて、お風呂を済ませ、自分の部屋にこもった。

　凪くんがいると思ったら、家の中でふらふら出来なくて。

　でも、喉が渇いたから何か飲みに行こうと階段をおりようとすると。

「ちょっと乃愛」

　寝室にいたお母さんから、洗濯物の一部を渡された。

　Tシャツや靴下に下着。

　なんだろう、これ。

「凪くんに持っていって！」

「ひゃあっ！」

　思わず手のひらからはじける洗濯物。

　これ、凪くんのなの!?

「ちょっと、せっかくたたんだのに壊れちゃったじゃなーい」

「そ、そんなのお母さんが自分で渡してよ！」

　どうして私が!?

「下に行くんでしょ？　ついでじゃない。ちゃんとそれた
たみ直しておいてね。凪くん今お風呂に入ってるから部屋
に置いておけばいいわよ」

　お母さんはさらっと言って、残りの洗濯物をたたみはじ
める。

　だ、だってこれ。

　パ、パ、パンツだよ!?

　パンツを見ちゃっただけでドキドキしてる私は変態なの
かな。

　仕方なくたたみ直し、凪くんの洗濯物を持って下におり
ると、お風呂場からはシャワーの音が聞こえていた。

　お風呂に入っている今のうちに、部屋に置いておこう。

　自分の家だけど、今は凪くんが使っている部屋だから和
室を開けるのも緊張する。

「失礼します……」

　いないのはわかっていても、そう言ってゆっくり戸を引
くと。

「……っ!!!」

　上半身裸でスクワットする凪くんの姿が目に飛び込んで
きた。

　ええっ、いるじゃん！

　お風呂じゃないじゃん！

　びっくりしたその直後、目が釘付けになってしまった。

　すごくお腹が割れていたんだもん。

　ひきしまったお腹には、腹筋を強調するようにしっかり
線が入っていた。

　これって、かなり鍛えてなきゃこうはならないよね？

　いつもは制服で隠れているその下を初めて目にして、ド
キドキが止まらない。

　嶺亜が上半身裸で家の中をふらふらしていても、なにも
感じないのに。

　むしろ、同じように割れている腹筋を見ても、すごいねー
なんてツンツン押す余裕もあるのに。

　どうして凪くんの裸には、こんなに敏感に反応しちゃう
の？

　すると。

　ふっと、凪くんの視線がこっちに流れて……目が合って
しまった。

　わ、やばい！

　と思った時にはもう遅くて。

　こっちに歩いてきた凪くんは、戸をさらに開けると私の
腕をつかんでさっと中へ入れ、また戸を閉めた。

「きゃ……！！！！」

　反動で、洗濯物は下に落ちる。

　閉めきった和室にふたりきり。

　壁に押し付けられた私は、行き場をなくして息を殺して
じっと身構えた。

「なにしてたの？」

「……なにも……してませんっ……」

「ふーん。俺にはのぞき見しているようにしか見えなかっ
たけど」

　薄茶色の瞳が、怪しく光る。

　お風呂あがりだからなのか、運動をした後だからなのか、
ほのかな熱が伝わってくる。

「見たいなら、堂々と見ていいよ」

「だ、だいじょ……ぶ、です……っ」

　ぎゅーっと目をつむると。

　唇に何かが触れた。

　……体育祭のときの"あれ"とは違う。

　目を開けると、凪くんの人さし指が私の唇に乗せられて
いた。

　そこからすーっとまっすぐ下に、指をおろしていく。

　パジャマを着た私の胸元は、少し開いていて。肌をなぞ
るように指をすべらせていく。

「んっ……。な、凪……くんっ……」

　私は動けず、凪くんにされるがまま名前を呼ぶことしか
できない。

　やだっ……どうしよう。

　するすると動く指は、パジャマの生地にまで到達し、やっ
と離れた。

「結構感度いいんだね」

「ひゃっ……」

　耳にかかる吐息に、たまらず声を上げれば。

　——カプッ。

　何を思ったのか、凪くんが耳たぶに歯を立てた。

　まるで子犬が甘噛みをするみたいに。

「んっ……やっ……」

　自分でも恥ずかしくなるくらい、みだらな声が出た。

　どうしてこんなことされてるの……？

　頭が真っ白になりそう。

「乃愛の"いや"は"もっと"に聞こえる」

　だんだんと熱くなっていく吐息に、たまらず身をよじる。

　立っているのが限界で、ずるずると壁に背中をつけながら、畳の上に崩れるようにぺたんと座り込んだ。

　それをどこまでも追いかけてくる凪くんは、私の目の前でしゃがみ、満足そうに笑う。

「やっぱり可愛いね、乃愛は」

　凪くんとの同居生活は、思っていた以上に心臓に負担がかかってしょうがなかった。

　さすがに家族がいる前でヘンなことはしてこないけど、隙あらば腕を引っ張って部屋に連れ込もうとするし。

　凪くんてドＳなの!?

　私って、凪くんのなんなんだろう……。

　凪くんが来て３日目。

「週末、例の旅行だから留守番頼むわよ」

　ルンルンしながら放ったお母さんの言葉に、私は目を見開いた。

「えっ、今週なの？」

　萌花ちゃんの家とは家族ぐるみで仲が良くて。

　今度うちの親と萌花ちゃんの両親の４人で旅行に行くって話をしていたのは聞いていたけど。

「そうよ。北海道に２泊３日。楽しみだわあ」

　まさか今週だったなんて驚いた。今は凪くんもいるのに。

「それで、萌花ちゃんもその間家に来てもらったらいいと思って。話はついているから」

「ほんとに？　やったあ」

　萌花ちゃんは、ひとりっ子だからね。

　萌花ちゃんが家に来てくれたら、凪くんが家にいる緊張が少しは紛れる。

　そう思っていたんだけど……。

「……ってことなの、ごめんね」

　私の前で、申し訳なさそうな顔をして謝る萌花ちゃん。

「そ、そんなあ……」

　私はきっと今、顔面蒼白になっているはず。

　週末は家に来るんでしょ、楽しみだね、なんて話したら。

　その日は萌花ちゃんの両親がいないのをいいことに、嶺亜が萌花ちゃんの家に泊まりに行くって言うんだもん！

　そしたら私はどうなるの!?

　まさか凪くんと家にふたりっきり!?

「お願いっ！　凪くんとふたりなんて無理なの！　萌花ちゃん来て‼」

　すがるように訴えると、萌花ちゃんは「どうしよう……」

と困ったように眉根を下げる。

　ううっ。

　萌花ちゃんを困らせたくなんてないけど、こればっかりはお願いしますっ！

　仏さまを拝むように両手を合わせて深々と頭を下げていると。

「乃愛、たのむわ」

　嶺亜の声が聞こえて、はっと頭を上げた。

　この緊急事態に、萌花ちゃんがスマホで嶺亜に連絡をしたみたい。

　嶺亜と萌花ちゃん、４つの瞳が私に訴えかけてくる。

「ええぇ……」

　ふたりで泊まるってことは、その、あれだよね。

　ふたりはつき合って２年くらい経つから、そりゃあキス以上のこともしてるとは思ってたけど。

　そんな堂々と言われて、ふたりの顔が見れない。

　萌花ちゃんの顔は真っ赤だし。

　せっかくのチャンスだもんね。

　誰もいないふたりきりの家で、イチャイチャするのかな……。

「私もどこかに泊まりにいこうかな……」

　そうポツリとつぶやけば。

「おいおい、凪いるんだからいいだろ？」

　なんにもわかってない嶺亜のノーテンキ発言。

　だから困ってるのに！

　まだ、家族がいるから凪くんとひとつ屋根の下生活も耐えられたのに、本当にふたりっきりになるなんて聞いてないし絶対ムリ！

「乃愛ちゃん、本当にごめんね……」

　なんて泣きそうに言われちゃったら、もうダメなんて言えなかった。

今日からふたりきり

　そして、金曜日。

　お母さんたちは、私が学校に行っている間に北海道へ旅立ってしまい。

　部活を終えて帰ってきた嶺亜も、いそいそと出かける準備をする。

　それを見ながら私は途方に暮れる。

　ああ……本当に凪くんとふたりっきりになっちゃうんだ。

　いやじゃないけど、家族がいるときにもあんな凪くんが、ふたりきりになって大人しくしてるわけがないもん。

「じゃあ、行ってくるからな」

　リュックを肩にかけて玄関に立つ嶺亜は、とっても嬉しそう。

　そりゃあ、これから大好きな彼女と２泊のお泊まりだもんね。

　そんな嶺亜を恨めしく見上げる。

「いいな～いいな～。楽しんでこいよ～」

　なんて、凪くんはわかりやすすぎる冷やかしをして。

「凪。乃愛のことは頼んだからな」

　嶺亜はしなくてもいいお願いをして。

「任せとけって」

　胸を張る凪くんに、私、ため息。

　私、凪くんに任されちゃうんだ。

　……それはそれで不安しかないよ。

　嶺亜が出かけて、ふたりきりになったリビング。

「あの……ご飯もうすぐ出来るんだけど、先に食べる？それともお風呂に入る？」

　夕飯はミートソースのパスタを作った。

　私の数少ないレパートリー。

　お風呂も帰ってくる時間に合わせて沸かしておいたから用意はできている。

　問いかけた私に、凪くんは身をかがめて言った。

「もうひとつは？」

「もうひとつ？」

　なにかあったっけ……？

　私が首を傾げていると、口元を怪しげに緩めながら人さし指を立てた。

「それとも、ア・タ・シ？ってやつ」

「～～～～っ!!!」

　な、なんてことを……！

　私は体中から湯気が出る勢いで、その場に突っ立ち凪くんを見上げる。

　顔なんて、見なくても真っ赤になってるってわかる。

「そ、そんなのないですっ……！」

　そんな私に満足したようにクックと笑った凪くんは。

「お風呂いただきま～す」

　と鼻歌を歌いながらお風呂に行ってしまった。

　ああ……私、この2日間で確実に寿命が縮まるよ……。

　サラダを作っていると、お風呂から出てきた凪くんがリビングにやってきた。

「いい湯だった～」

　……良かった。ちゃんとＴシャツ着てる。

　ふたりきりなのをいいことに、また上半身裸だったらどうしようかと思ったよ。

　現れた凪くんに一瞬警戒して……ほっと息を吐くと。

「あれ？　やっぱ脱いでた方がよかった？」

　なんてＴシャツをまくるから、私はとっさに両手で目を覆った。

「ははっ、ほーんと乃愛って見てて飽きないよね」

「ううっ……」

　私って、動物園のパンダみたいなものなの？

　ずっと凪くんに構われ続けているのは、そういう理由なのか……そう思うと、しょんぼりする。

　私のこと、まちがっても女の子としては見てくれてないよね。

「お、うまそうじゃん！」

　お鍋の中でぐつぐつ煮立つミートソースに顔をほころばせる凪くん。

　落ちた気持ちも、そんな声を聞けば一気に浮上。

「もうすぐ出来るから待っててね」

　そう言いながら、まるで新婚さんみたいだなあって思った。

　夕飯の支度が整って、凪くんも手伝ってくれてテーブルにパスタとサラダが並ぶ。

　ダイニングテーブルに、向かい合わせに置かれたふたり分のご飯。

　いつもは大勢な分、やっぱり寂しいなあと思う。

「いただきます」

　フォークにパスタをくるくる絡めて口へ運ぶ凪くんをじっと見てしまう。

　口に合うかな。大丈夫かな……。

「わ、これめっちゃうまい！」

　素直にそう口にしてくれて、ほっと胸をなでおろす。

「乃愛、今すぐにでも結婚出来るんじゃない？」

「けっ……!?」

　結婚なんてワードに、あたふたしちゃう。

　まぁ……相手が現れるのか、そこが一番の問題だけど。

「乃愛んちってあったかくていいよなー」

「そ、そうかな。普通だと思うけど……」

　自分の家族を褒められて、ちょっと照れくさい。

　でも、うれしい。

「俺んち、父親いないからさ」

「えっ……」

　思わずフォークを置くと、凪くんは「あ、そんな悲しい話じゃないから大丈夫」と言って。

「俺が３歳のころに親が離婚したんだ。俺は父親の記憶はないし、そもそも初めからいないようなもんだったから、

寂しいとかそういうの一切ないんだよ」

　強がっているようには見えないし、本当にそうなんだと思った。

　物心ついたときからそうなら、そういうものなのかな？

「俺さ、結婚願望がすごくあるんだよね」

　へっ？

　そんなこと言われて、どんな反応したらいいの？

「そ、そうなの？」

　正解がわからず、曖昧に返す。

「うん。やっぱり、どこかで父親がいる家庭に憧れてるのかも。自分ではそういう家庭を作ってやるんだっていう」

　そう言ってくしゃっと笑った顔に、胸がきゅんとときめいた。

「俺、子ども好きなんだ。子どもと沢山遊んであげるためにも、結婚はなるべく早くしたい」

　子どもと犬が好きな人に悪い人はいないってどこかで聞いたことがある。

　凪くんの心の部分に触れた気がして、なんだか胸がじんわりあったかくなった。

　そういう理想があるなんて、凪くんは根からすごく優しい人なんだろうなあ。

　いいお父さんになりそう。

「乃愛は？　いくつくらいまでに結婚したい？」

「わ、私……？　うん、いつかは出来たらいいなと思ってるけど……」

「そっかー、俺は早い方がいいんだけどなー」

　なんだかこの流れ、まるで私と凪くんが結婚でもするみたいじゃない？

「そ、そうなんだ」

　なんて相槌を打っていいかもわからなくて曖昧に言うと凪くんは私を見て、ふふっと笑っていた。

　ご飯を食べ終え、私が洗い物をはじめると。

「俺も手伝うよ」

「いいよっ、凪くんはゆっくりしてて」

「なんだよー。俺だってやりたいのに」

　やんわり遠慮すると、子どもみたいに唇を尖らして、後ろからぎゅっと抱きしめられた。

「ちょ、凪くんっ……？」

　振り向くと、私の首元に顔をうずめるように凪くんの顔がすぐそこにあって、慌てて前を向く。

「これじゃあ……洗えないよ……っ」

　身動きが取れなくて腕の自由もきかない。

　そう訴えれば、私の手からスポンジが奪われた。

「だったら俺が洗ってあげる」

　背後から伸びる腕がお皿を掴み、スポンジを撫でつけていく。

　ええっ、この状態で……？

　なのに凪くんの手はとっても器用に動いて、ふたり分の少ない食器はあっという間に泡に包まれていく。

　行き場がなくなった私の泡だらけの手は、なすすべもな

く宙に浮かせたまま。

　どうしよう。

　このまま洗ってもらっていいのかな。

　それにしてもこの体勢。洗いにくいよね。

　だからって、覆われている私は動けない。

「乃愛、あったかくて気持ちいい」

　お皿を洗い終えた凪くんの手が、私の手を包む。

　泡だらけの手と手が混じりあって、ぎゅっと握られる。

「……んっ……」

　素手で触れられる時よりも密着度が増した気がして、私の胸の真ん中を甘く激しく揺さぶる。

「なんかその声エロい」

「……っ」

　そんなつもりじゃないのに。

　手の甲に重なる凪くんの手。

　そこから割るように指をぎゅっと絡められた瞬間、首筋にキスされた。

　首筋に凪くんの唇が這う。

　泡だらけの私の手はそれを阻止することもできず、ただ体をくねらせるだけ。

「んっ……」

「いいね……その反応」

　なんだか頭がぼーっとしてくる。

　好きな人にこんなことされてドキドキする反面、どこかでわかってる。

　凪くんには好きな人がいること。

　忘れもしない、あの時の凪くんの声。

『俺、好きな子がいるんだ』

　それが私じゃないってことも。

　それでも……。

　こんな風に翻弄してくるから、私だって気持ちを止められなくなるの……。

　ジャー……。

　気づいたら、もう背後に凪くんはいなかった。

「えっ?」

　出しっぱなしの水と、両手を前に出したまま突っ立っている私。

　やだっ……意識が飛んでた。

　慌てて顔をあげると、凪くんはカウンターキッチンの正面で頬杖をついて、ニコニコしながら私を眺めていた。

　ううっ……。

　私を翻弄するだけ翻弄して。

「ちゃんと手、洗いな」

　そうかと思ったら、急に私を放り出して。

　凪くんは、罪な人——。

　ふたりしかいないと、自分の部屋にこもるのもなんだか微妙で、リビングでテレビを見たりして過ごした。

「ふわあ……」

　11時半くらいになって、凪くんがひとつ目のあくびを

したのを見て、私は声をかけた。

「そろそろ寝る？」

　部活もやってきた凪くんは、私より疲れているはず。

　もしかして、私が寝ないから無理してここにいてくれてるのかもしれないし。

「んー、そうする？」

　凪くんは、あっさり腰をあげた。

　やっぱり眠かったんだ。

「じゃあ、おやすみ」

「ん、おやすみ」

　大人しく和室に入っていく凪くんを見送り……なんだかちょっと寂しい気持ちになった。

　２階へあがって部屋に入り、電気を消して、ベッドに潜り込む。

　……眠れない。

　家族がいるときとは違って、下にひとりで凪くんが寝ていると思ったら、ドキドキしちゃうんだ。

　凪くんの熱が、今でも体に残ってる。

　凪くんの熱が恋しい……なんて思ってる私、どうかしちゃったのかな。

　寂しさを埋めるように、布団をぎゅうと抱きしめた時。

　──コンコン。

　部屋のドアがノックされて、ビクッとした。

　家には、凪くんしかいない。

　ってことは、凪くんが２階まであがってきたってこと？

どくんどくん。

　上半身だけ起こして「はい」と返事をすると「開けていい？」凪くんの声がした。

　その瞬間、素直に嬉しいと思ってしまう。

「ど、どうぞ……」

　少し緊張しながら返せば、ドアはすぐに開いた。

「どうし、たの……？」

「なんか眠れなくてさ」

「そ、そっか……」

　ここへ来て５日目になるけど、やっぱり家とは違ってゆっくり休めないのかな。

「人の家だと落ち着かないよね。そうだ、今日は嶺亜のベッドで寝る？」

　このベッド、寝心地いいって言ってたもんね。

「そうじゃないよ。乃愛とふたりっきりだと思ったら、ドキドキして眠れない」

　どくんっ。

　さんざん色んなことしてきたのに、今更そんなこと言う？

　まっすぐ歩いてきた凪くんは、ストンと私のベッドに腰掛けた。

　ぎし……と沈み込むスプリング。

「乃愛、キスしたい」

　艶っぽい瞳が、私をまっすぐにとらえた。

「えっ……」

「キスしていい？」

　いつもは勝手にいろんなことするのに、こういう時だけ聞くの、ずるいよ──。

　いい、なんて言えるわけもなく、黙り込む私。

　聞いたくせに私の返事なんて聞かず、凪くんは私の後頭部にそっと手を当てた。

　私に拒否権なんてなくて。

　ゆっくり近づいてくる顔に、私はあらがえもせずに凪くんを受け入れた。

「……んっ……」

　ぎゅっと目をつむる。

　押し当てられた唇は、柔らかくて温かい。

　この感覚、初めてじゃない。

　……やっぱり体育祭のあれは、キスだったんだ。

「ふはっ……」

　力が抜けてしまった私の体は、そのままベッドに沈み込んだ。

　凪くんはそんな私を追いかけて、キスを続ける。

　唇に触れるだけの優しいものじゃなくなって、舌がねじ込まれてくる。

「やっ……凪っ……んっ……」

　体をよじっても凪くんは逃がしてくれなくて、私は合間合間に酸素を確保するので精いっぱい。

　キスって、つき合ってなくてもするものなの？

　好きじゃなくても出来るの──？

「やべえ、止まんねえ……」

　ひとりごとのように言葉を落とした凪くんは、私の首に顔をうずめ、ぎゅーっと抱きしめてきた。

　乱れた呼吸を、ゆっくり整えている。

　いつも余裕たっぷりな凪くんの見慣れない姿に、私の方が恥ずかしくなってくる。

「このまま、しちゃう……？」

　くぐもった声で聞こえた言葉は、思考を停止させた。

「えっ……」

　しちゃうって、あの、その。

　つき合ってもないのにキスしてるだけで罪悪感でいっぱいなのに。

　これ以上、なにをするっていうの……。

「嶺亜たちなんて、もっとすごいことしてるよ」

　だ、だからって。

　ふたりはつき合ってるし……って、兄のそういうのなんて想像したくないよっ。

　凪くんの呼吸は、それからだんだん落ち着いたけど。

　何もしゃべらなくなったから、声をかけてみる。

「……凪くん……？」

　呼びかけても、背中を軽くトントンたたいても反応はなく。

　耳をすますと、スースーと規則正しい呼吸が聞こえてきた。

　えっ、もしかしてこの状態で寝ちゃったの!?

　うそでしょ……。

　やっぱり疲れてたのかな。

　私は動くこともできず、抱きついたままの凪くんの寝顔を見つめる。

　薄茶色い瞳を縁取るまつ毛は、女の子みたいに長い。

　すごくきれいな寝顔。

　きっと誰もが見惚れる凪くんの寝顔を独り占めしてるなんて、贅沢_{ぜいたく}だなぁ……。

　ところで私、どうしたらいいの？

　起こすのもかわいそうだし、私もこのまま寝なきゃいけない……？

　凪くんに包み込まれるようにしながら、目を閉じたけど。

　ドキドキしちゃって全然眠れなかった。

俺だけのものにしたい 〜凪side〜

　目を開けると、一番に乃愛の顔が飛び込んできた。

　えっ……。

　一瞬頭が混乱した。

　でもだんだん昨夜のことを思い出していく。

　スマホで時間を確認すると、もう8時だった。

　随分ぐっすり寝てしまったらしい。

　しかも、寝た時の記憶がない。

　あーあ、やっちまった。

　せっかく乃愛と一緒に寝たのに、すぐに寝ちまうなんて。

　昨日は部活でかなり疲れたからな。

　俺が寝たあと、乃愛はどうしたんだろう。

　きっと、乃愛のことだから俺に抱きしめられたまま大人しく目をつむったんだろう。

　可愛い乃愛の寝顔をじーっと見つめる。

　朝一に乃愛の寝顔が見られるなんて、幸せで贅沢すぎる。

　天使のように、すやすやと眠る乃愛。

　このままずっと見ていたい。

　可愛い……。

　髪をそっと撫でて、少し開いてる唇にキスをした。

「んー……」

　小さく体を伸ばして無防備に漏れる声とその反応に、身もだえる俺。

　やべぇ……可愛いすぎだろ。

　ついばむようなキスを繰り返していると、いよいよ乃愛はもぞもぞし始めた。

　そろそろ起きるか……？

「んー」

　可愛らしくうなると、ようやく目を開けた。

　黒目がちな瞳が、俺をとらえる。

「おはよ、乃愛」

　俺を見ながらぱちぱちとまばたきを繰り返す乃愛は、頭の中を整理しているのかもしれない。

「お、おはよう……」

「いい夢見れた？」

「うん……ケーキ食べてた」

「マジか」

　俺の唇が、甘いケーキに見えてたみたいだ。

　現実と夢は重なってる部分があるからな。

　ほら、目覚まし時計の音が、非常ベルに聞こえていたり。

「どう？　うまかった？」

「え？」

「ケーキ」

「あ、うん甘くておいしかった」

　ふにゃっと顔を緩めて答える乃愛。

「夢って食べられないことが多いけど。今日は食べられたの」

　とても幸せそうに。

「そう、それは良かった」

　——チュ。

　俺は乃愛の唇にキスをした。

「こんな味だったでしょ」

　そう聞けば、口をパクパクさせながら、顔を真っ赤にさせる乃愛。

「ちょっ……凪くんっ……‼」

　ケーキじゃなくて、それ俺の唇だから。

　どこまでも可愛い。早く俺のものにしたい。

　乃愛と過ごす2日間はあっという間に過ぎていった。

　乃愛の部屋にあるピアノで、その腕前も披露してもらった。

　いつか音楽室で聞いたときのように、すごく心地いい音色だった。

　あとは飯を作るのに一緒に買い出しに行ったり、料理を作る乃愛にちょっかいを出してみたり。

　乃愛の反応はいちいち可愛くて、いくら見ていても飽きない。

　だから、ちょっかいを出さずにはいられないんだ。

　日曜日の昼。

　乃愛が昼飯にチャーハンを作ってくれているときのこと。

　プルルルル……プルルルル……。

　家の固定電話が鳴った。

「凪くん！　ちょっと今手が離せないから出てもらっても

　いい？」

　　キッチンから乃愛が俺に向かって呼びかける。

「えっ。まじ？」

　　人んちの電話に出るって緊張するよな……。

　　とりあえず取り次げばいいか。

　　俺は「んんっ」と軽く咳払いしてから受話器を取った。

「はい、もしもし」

『あ、こんにちはー。藤森さんのお宅ですか？』

　　電話越しとは思えないボリュームとテンションに、思わず耳から受話器を遠ざける。

　　誰だ？　セールスか？

　　警戒しながら聞きかえす。

「……どちら様ですか？」

『わたくし、先日乃愛さんにご来店いただいた美容院の、高橋と言います』

　　美容院から何の電話だ……？

『乃愛さんはご在宅ですかー？』

　　なんだこの軽い男は。

　　……ロクなやつじゃないな。

　　代わったら面倒なことになりそうだ。

　　俺はとっさに嘘をついた。

「今いません」

『あ、ご家族の方ですか？』

「はい」

　　悪いけど、嶺亜のふりをさせてもらった。

『実は、先日サイトにアップさせていただいた乃愛さんの画像を見て、芸能事務所から乃愛さんに連絡を取りたいと言われたんですよー。もし、芸能界にご興味があれば──』

「妹はそういうのに興味ありません。じゃあ」

『あのっ──』

　被(かぶ)せるように言い放ち、俺は電話を切った。

　芸能事務所だと？

　ほらみろ。

　乃愛の可愛さをネットなんかでさらすから。

　芸能事務所が放っておかないのもわかる。

　見る目あるとは思うが、残念ながら乃愛は渡せない。

「凪くんごめん、電話なんだった？」

　手を拭きながら、俺の元へパタパタ走り寄ってくる乃愛。

「まちがい電話だった」

「そうなの？」

　少し腑に落ちなさそうな顔をしたが、とくに疑うこともなく「ありがとう」と言って、またキッチンへ戻っていく。

　悪いとは思ったが、もし乃愛が芸能人になったら俺が困る。

　俺だけの乃愛でいてくれればいいんだから。

＊LOVE♡5＊

転入生

　日曜日の夕方に、お父さんとお母さんが旅行から帰ってきて。

　それに続くように嶺亜も帰ってきた。

　嶺亜が萌花ちゃんの家に泊まりに行っていたことは、ナイショ。

　交際は両家公認だけど、ふたりっきりでお泊まりしたことがバレたら家族会議が開かれちゃいそうだし。

　お風呂から嶺亜の鼻歌が聞こえてきたから、それはさぞかし楽しい2泊3日だったんだろうな。

　お風呂で鼻歌なんて今まで聞いたことないもん。

　私も……。

　ひたすらにドキドキしたけど、刺激的な楽しい2泊3日だったな。

「週末はごめんね」

　学校に行くなり、萌花ちゃんが申し訳なさそうに謝ってくる。

「ううん！　全然だよ。どう？　楽しかった？」

　私こそ今となってはふたりに感謝だよ。

　凪くんとの距離を縮められたんだから。

　そう聞くと、萌花ちゃんは安心したように笑顔の花を咲かせた。

「すっごく楽しかったぁ」

　　ああ、可愛い……！
「だろうね。嶺亜のお風呂から鼻歌が聞こえてきたから、
よっぽど楽しかったんだろうなーって思ったよ」
「あれ？　嶺亜くん、いつもお風呂で鼻歌歌うんじゃない
の？」
「歌わないよ」
「そうなんだ。私が体洗ってる間ずっと歌ってたから、嶺
亜くんはお風呂で鼻歌歌う人なんだぁって思ってたの」
「え？」
「……あ」
　　私たちは、お互いきょとん顔で見つめあう。
　　萌花ちゃんが体を洗っている間に嶺亜が鼻歌……？
　　それはつまり、嶺亜と一緒にお風呂に……？
「あっ、えっと、そのっ……！」
　　何かに気づき、慌てだす萌花ちゃん。
　　う、うそ。
　　萌花ちゃんと嶺亜、一緒にお風呂に入ったの!?
『嶺亜たちなんて、もっとすごいことしてるよ』
　　ベッドの中で、凪くんが言ってたこと。
　　想像なんてしたくないのに、絵が浮かんじゃってどうし
ようもない。
「ううっ……」
　　両手で顔を覆う萌花ちゃん。
　　でも、覆いきれてない部分は真っ赤。
　　色白だから余計に目立つし、それを見た私がまた恥ずか

しくなっちゃう。

「い、いいんだよっ。つ、つき合ってるんだもんね、うん、そうだよっ」

　私は必死にとりなした。

「そ、それで、乃愛ちゃんはどうだった？」

　真っ赤な顔で話題を変えようとする萌花ちゃん。

　うん、ここは変えた方がいいよね。

　私は必死に頭の中からふたりの妄想を消して凪くんとの思い出を引っ張り出す。

「た、楽しかったよ」

「そ、それは良かったね」

　えへへって笑う私たちは、まだぎこちないけど。

「あのさ」

「なあに？」

「その……つき合ってないのに……」

「ないのに？」

「……キスって……するもの？」

「ええっ……!?　乃愛ちゃん、新城くんにキスされたの？」

　目を丸くする萌花ちゃんからは、もう答えは出ている。

　やっぱりそんなことないよね。

　うわあっ。やっぱり私ってばハレンチだったのかな。

　純粋な萌花ちゃんに聞くことじゃなかったかも……！

　でも、お風呂……。

　だめだめっ、消すんだ。

「で、でもっ……ただからかわれてるだけ、みたいな……」

　余裕たっぷりで楽しんでたし。
「新城くんて積極的だねぇ」
　ほーっと、のけぞって新城くんを褒めたたえる萌花ちゃん。
　もうすっかり顔の赤味は消えている。
「でもさ、凪くんには好きな人がいるんだよ？」
「それは乃愛ちゃんかもしれないでしょ？」
「えっ？　それはないよっ。萌花ちゃんだってあのウワサ知ってるでしょ？」
　ずっと想い続けてる子がいるっていうのは、あまりにも有名な話。
　だから、凪くんに本気になればなるほどつらいって、いつか誰かが言っていたのを今になって身をもって知ったの。
「もーし、その話が百歩譲って本当だったとしてもだよ？その子とは離れ離れになっちゃったんだし、今新城くんのそばにいるのは乃愛ちゃんなんだよ？」
　今、凪くんのそばにいる人……か。
「やっぱりそばにいる人に、心は動くと思うんだ。距離には勝てないよ」
「そうかなあ……」
　凪くんの気持ちは全然わからない。
　私のこと、どう思ってるんだろう。
　私、凪くんとキスしちゃったんだよね。
　正確に言えば、体育祭の日にもうファーストキスは済ま

せてたんだ。

　……私の知らない間に。

　わぁぁぁ。

「乃愛ちゃん、顔真っ赤だよ」

「うー」

　両手を頬に当てれば、熱が出た時にみたいに熱くなっている。

　まずいっ。

　こんなとこ凪くんに見られたら、なにを暴露_{ばくろ}してるんだって思われるよね。

「大変大変、うちのクラスに転入生が来るよ！」

　そのとき、そう言いながら慌てたように教室に飛び込んできたのは飯田さん。

「えーっ！」

「ほんとに!?」

「男!?　女!?」

　途端にクラス内は、蜂_{はち}の巣をつついたような騒ぎになる。

　こんな時期に転入生？

　そう思いながら、騒いでいるクラスメイトたちを眺める。

「席つけー、チャイムなってるぞー」

　岡本先生が大声で言いながら教室へ入ってくる。

　隣には、本当に転入生を連れて。

　とっても小柄_{こがら}で、左右の高いところでツインテールにした、ぱっちりお目めのアイドル顔した女の子。

　うわ、ものすごく可愛い。

「うっひょーい！」

「やべっ、めっちゃ可愛い」

　とんでもなく可愛い子が来たからか、男子はわかりやすくはしゃいで大騒ぎ。

　女の子たちは、ちょっぴりガッカリしている様子。

　黒澤先生が来たときと真逆だ。

「このクラスに新しい仲間が加わることになった。じゃあ自己紹介して」

「河村真帆です。よろしくお願いします」

　声まで可愛い。

　凪くんも見惚れちゃってる……？

　と不安になりながら様子を窺うと、凪くんは転校生をじっと見つめていた。

　まばたきもせずに。

　えっ。もしかして、凪くんも一目惚れしちゃった……？

　……しゅん。

　しょうがないよね。こんなに可愛いいんだもん。

　私はわかりやすく気持ちがずーんと沈んだ。

「凪くんっ！」

　ホームルームが終わると可愛い声が教室に響いた。

　つられて声の方を見ると、

「会いたかったぁ〜〜」

　河村さんが凪くんに抱きついていた。

「……っ！」

　なんであんなこと……そう思ったのは私だけじゃないみたい。

　クラスメイトのほとんどが、そんな姿を見て呆然としていた。

「なにあれ！」

「久しぶりってことは、河村さんと凪くんて知り合いだったの？」

　平田さんたちのグループから湧き上がる声は、私の疑問そのまんま。

　どうしてあんなことしてるの？　不安でたまらない。

「ちょっ、おいっ！」

　凪くんは慌てたように、河村さんの両腕を掴み体を離そうとしたけど。

「いーじゃん、４年ぶりなんだからぁ～」

　甘ったるい声を出す河村さんは、凪くんから離れたくない様子。

　４年ぶり？　本当に知り合いだったんだ。

「乃愛ちゃん……」

　私のブラウスのシャツを引っ張る萌花ちゃんは、不安そうな声を出す。

　私も、萌花ちゃんの手をぎゅっと握り返す。

「思い出した。あの子、中学の時に転校していった子だ。苗字は変わってるけど、まちがいないよ」

「え、マジで？」

「新城くんとつき合ってるってウワサがあった子だよ」

「あー、知ってるそのウワサ！」

　そんな会話が聞こえてきて、私は思わず「えっ」と反応してしまった。

「それ、本当？」

　先に声をあげたのは萌花ちゃん。

　その子たちの輪に頭を突っ込んだ。

　普段はあまりしゃべらないけど、こういうときって一致団結感が芽生えるんだよね。

　彼女は得意げになって教えてくれた。

「そう。新城くんが彼女を作らない理由でウワサされてる子だよ」

　うそっ……。

　あの子が例のウワサの子なの？

　凪くんの、好きな人——。

　目の前が真っ暗になった気がした。

　これじゃあ、さっき萌花ちゃんと話していたことが全部覆されちゃう。

　そばにいなかったら忘れられる人も、また戻ってきたら。

　想いも復活しちゃうんじゃ……。

「乃愛ちゃん、大丈夫……？」

「う、うん……」

　せっかく凪くんと距離が縮まったと思ったのに、振り出しに戻っちゃう？

　ううん、それよりももっと遠くなっちゃうよ……。

「いただきます」

　夕飯の時間。

　私は、正面に座る凪くんの顔をよく見れなかった。

　他の男の子はまだちょっと無理だけど、凪くんとなら正面から目を合わせるのも大丈夫になってきてたのに。

「うまーい！」

「静かに食えよ」

　嶺亜がタレントさんの真似をして、それに凪くんが突っ込む。

　こんなのいつものことで、私はそれを見て笑うのがパターンなのに。

　今日は、頬の筋肉がぎこちなく上がるだけ。

　そんな様子をちらっと凪くんに見られて、私はお茶碗で顔を隠すようにしてご飯を食べた。

　学校でのことが頭から離れない。

　凪くんは、河村さんのことが好きなの——？

　でもそんなこと、絶対に聞けないよ……。

すれちがい

　次の日。

「ちょっとあの子、凪くんにベタベタしすぎじゃない？」

　平田さんが怒っている。

　今日も相変わらず、河村さんは凪くんに対して積極的に絡んでいた。

「凪くんっ、昨日クッキー作ってきたの、はいっ！」

　わわっ……。

　弾ける笑顔で、胸に押し付けるようにラッピングされたクッキーを渡しているのを見て、ぽかーんと口が開いちゃう。

　私には絶対真似できない。

「中学校が一緒だったか知らないけど、調子乗りすぎ」

「凪くんはみんなのものなのに」

　そうなの!?

　そんな言葉にもびっくり。

　前に凪くんと話しているとき、平田さんたちにこんな視線を向けられたことがあるけど、こんな風に言われてたのかな。

　その矛先が今は河村さんだけど、私もそう思われてたんだよね。

　やっぱり凪くんは、みんなの凪くんなんだ。

「凪ばっかずりーよなー」

「俺も手作りクッキーもらいてえ！」

　周りの男子は凪くんを冷やかし、凪くんは照れたように笑う。

「ごめんなさい。凪くんは特別なんで」

　にっこり笑ってそう答える河村さんに、また盛り上がる男子。

「聞いたー？」

「うわー、まじ死ぬ————」

　凪くんは、やっぱり河村さんが好きなの……？

　もう私の居場所はないの？

　問いかけるように視線を送っていると、凪くんがこっちに顔を向け、目が合った。

　……っ。

　咄嗟に逸らしてしまった。

　凪くんが他の女の子と仲良くしているのを見るのは、やっぱりつらいよ……。

　こういうとき、同じ家で暮らしているとなんだか気まずい。

　家に帰って気持ちをリセット出来るどころか、どこへ行っても凪くんの気配を感じちゃって気が休まらない。

　だからって、自分の部屋にこもっていると変に思われるし……。

「あれ？　凪くんの分は……？」

　もうすぐ晩ごはんが出来ると呼ばれて下へおりると、4

人分の食事しかテーブルに並べられていなかった。

　ぽっかり空いているのは、凪くんがいつも座っている席。

「今日ね、凪くん外でご飯食べてくるんだって。律儀にちゃんと夕方電話までくれたのよ」

「うそ……」

　誰と……？

　胸がざわざわする。

「腹減ったー」

　お風呂からあがってきた嶺亜が、タオルで頭を拭きながら席に着く。

　バスケ部メンバーと出かけるなら、嶺亜も一緒に行っているはず。

　だけど、べつに何の用事もなく家に帰ってきているってことは。

　もしかして、相手は河村さん？

「なに、どうしたの？」

「あ、ううん。なんでもない……」

　凪くんの席を見つめすぎていたのか、嶺亜から声をかけられてしまった。

「凪なら、今日メシいらないんだって」

「うん、お母さんから聞いた」

　そう言いながら椅子を引いて私も座るけど。

　凪くんは、誰と出かけてるの？

　さらっと口にしちゃえばいいのに、聞くのが怖くて口に出来ない臆病な私。

　嶺亜なら知ってるはずだよね。

　こんなタイミングで凪くんが誰かと一緒にご飯を食べてくるなんて、イヤでも河村さんとじゃないかなって思っちゃう。

　想像は悪い方へ悪い方へ働く。

「なに、気になんの？」

　再び嶺亜の声。

　箸を口にくわえたまま、目線だけ私に向ける嶺亜には何かを感づかれているのかも。

「う、ううん、べつに」

　私は慌てて箸を口に運んだ。

　──ガチャ。

　夕食後。リビングでテレビを見ていたら、玄関が開いた音がしてビクッと体がはねた。

　自分の部屋にいなかったのは、凪くんがいつ帰ってくるのか不安だったから。

　はじめは部屋にいたんだけど、気になって気になって落ち着かなくて。

　壁の時計は、すでに9時半を指していた。

「遅くなりました」

　リビングのドアから顔だけ出して、声をかける凪くん。

　私はテーブルの上にあった新聞をさっと顔の前に広げた。

　普段は読みもしないくせに、凪くんとどう顔を合わせた

らいいかわからなくて。

「お帰りなさい。ご飯はほんとうにいらないの？」

「はい、食べてきました。急にすみません」

「いいのよいいのよ。これからもお友達とごはん食べてくることがあれば遠慮なく言ってね」

「ありがとうございます。じゃあ……お風呂に入ってきます」

　凪くんはそれだけ言うと、中には入らずドアを閉めた。

　そーっと新聞から顔を出す。

　はぁ……。

　モヤモヤしちゃってしょうがないよ。

　好きって苦しい……。

　リビングを出ると、和室のドアは開きっぱなしになっているのが見えた。

　言った通り、凪くんはお風呂に入っているみたい。

「あっ」

　そっと和室を覗くと、テーブルの上には河村さんからもらったクッキーが置いてあった。

　まだ手を付けていないのか、袋の口は開いてない。

　部屋の中にそっと入る。

　クッキーはハート型にくりぬかれていた。

　もうこれは好きですと言っているようなもの。

　堂々とハート型のクッキーを渡すってことは、お互いの気持ちがちゃんとわかっているからだよね。

　河村さんは、凪くんを。

　凪くんも、河村さんを——。

「なにしてるの？」

　背後から声がかかり、ひやっとして振り向くと、お風呂からあがった凪くんがそこに立っていた。

　タオルを首からかけて。

　濡れた髪のせいか、いつもより幼く見える。

　凪くんに可愛いなんて表現おかしいけれど、そんな凪くんに、胸がどくんっと高鳴った。

「ご、ごめんねっ……」

　勝手に部屋に入っちゃって、何も言い訳できない。

「もしかして、それ食べたいの？」

　凪くんが指さすのは、テーブルの上のクッキー。

「へ？」

　そんなつもりは決して……。

　凪くんの方からクッキーに触れてくるとは思わなかった。

　てか、クッキーを見てたことわかっちゃった。

　はずかしい。

「俺、お腹いっぱいだから欲しかったらやるよ。よく夜食にお菓子食べてるでしょ？」

　うっ……バレてる。

「だ、だいじょうぶ」

　でもこれはもらえないよ。

　河村さんが凪くんのために作ったものだから。

　凪くんだって、好きな女の子からもらったものを、あげ

たくないでしょ……？

「そう？」

「うん」

　タオルでわしゃわしゃと頭を拭く凪くん。

　私がさっき入ったカモミールのお湯の香り。

　私と同じにおいのそれが、今日はなんだか切なくなって
くる。

　今日、誰とどこにいたの──？

　聞きたいのに聞けない。

「……乃愛？」

　髪を拭く手をとめ、凪くんの声が落ちる。

　うつむいた私を下から覗き込むように。

「どした？」

　伸びてきた手が頬に触れる寸前。

「……っ、やっぱりなんでもない」

　その手から逃れるようにして、私は和室を出た。

　だって、これ以上触れられたら、もう戻れなくなりそう
だったから。

　凪くんに構われなければ、こんな思いをすることもな
かったのに。

　私の心の中に入ってきて、いつの間にか住みついて。

　私が生まれてはじめて恋をした人。

　恋って、やっぱり苦しいよ……。

　お昼休みは、萌花ちゃんは委員会の集まりがあるみたい

でひとりになってしまった。

　久しぶりに、音楽室に行こうかな。

　モヤモヤした気持ちも、ピアノを弾くとスッキリするんだ。

　私にとってピアノを弾くことは癒しでストレス解消にもなるから。

　昼休みの音楽室はとても静か。

　でも、廊下やグラウンドからはいろんな声がわずかに届いてくるっていう、その感じが好きなんだ。

　何を弾こうかなと考えながら向かい、開いているドアから一歩足を踏み入れた時だった。

　——中に、凪くんと河村さんがいることに気づいたのは。

　どうしてここにふたりが？

　ピアノのすぐそばで向かいあっているふたり。

　凪くんの表情はよく見えないけど、河村さんの顔は、今にも泣きだしそうに歪んでいた。

　昼間は静かな音楽室。

　わざわざ人目につかないこんな場所で会ってるなんて、普通の関係じゃないって思えて仕方ない。

　解消させたかったモヤモヤはふたりのことなのに、ここで会っちゃうなんて皮肉すぎる。

　どうしよう。

　引き返そうとするのに、足が磁石みたいにくっついて動けないの。

「私がこの高校に来たのは偶然じゃないよ。凪くんに会い

たかったから。凪くんの通ってる高校を調べて、そこに
編入_{へんにゅう}できるように試験も頑張ったの」

　河村さん……。

　それはもう、凪くんを好きってこと。

　そんなの、今までの言動からはわかっていたけど、真正
面から伝えるなんて。

「ずっとずっと会いたかった……」

　そう言って、凪くんに抱きつき、腰に手を回す。

　やだっ……。

「私、凪くんのことが好きっ……小学生のあの時から、私、
ずっと凪くんが好きだった」

　こんなの見たくない。

「真帆……俺は……」

　……っ！

　激しく動揺したのは、凪くんが河村さんを名前で呼んだ
から。

　磁石のようについていた足が、急に意識とは別に動いて
しまい。

　──ガンッ。

　入り口のドアにつま先が当たってしまった。

　ガラス戸がついている扉は、思った以上に音を立てて。

　あっ……と思った時には、ふたりの視線がこっちに流れ
ていた。

「ご、ごめんねっ」

　私はとっさにそう口走って。

「乃愛っ……!?」

　驚いたような凪くんの声を背後に、私はそこから駆け出していた。

幻になった告白 ～凪side～

　真帆は、小学校時代とても目立つ女子だった。

　父親は大学病院の教授をしていて、生活はかなり裕福そうで、いつも可愛らしく着飾った姿は同級生と比べても派手で。

　本人もそれを鼻にかけ、子分と呼ばれる女子を引き連れて、まるで女王様気取り。

　けれど、真帆と仲良くしていればいいことも多くあったようで、真帆を悪く言うやつは誰もいなかった。

　小5の夏休み。

　俺は家族旅行先の旅館で、真帆の父親に遭遇した。

　忙しかった真帆の父親も、運動会や参観日に時間を作っては、学校へ来ていたし、真帆もいつも「うちのお父さんはすごいんだよ」と自慢していたから知らない人はいなかった。

　真帆もこの旅館に泊まりに来ているのかと思ったが、連れていたのは若い女の人だった。

　仲良さそうに女の人の肩に腕を回しコソコソと部屋に入る姿に、子どもながらにいけないものを見てしまったと思った。

　フリンとかアイジンなんて言葉、テレビのワイドショーをつければ簡単に耳に入ってくる。

　もしかして、真帆の父親もそうなのか？

　そう思ったら真帆のことが気になって、夏休みが明けてから真帆ばかり見ていた——のがいけなかった。

"凪は真帆のことが好き"

　そんな噂が立つのはあっという間だった。

　真帆もまんざらではなさそうで、『凪くんが将来お医者さんになるなら彼氏にしてあげてもいいけど』なんて、マセたことを言ってきて、なんだよと思ったが。

　あの場面を見ていた俺は、なんとなく真帆に強いことが言えなかった。

　それは、俺の家も似たようなことがあったからだ。

　俺が小さいころに両親が離婚した原因は詳しく知らないが、姉貴（あねき）が『お母さん再婚（さいこん）しないの？』と言った時に『男なんてこりごり』と言ったのを覚えていて、父親の女関係で別れたんだとなんとなく察（さっ）していた。

　真帆はなにも変わりない。

　俺の考えすぎだったのかと思っていたが、中学に入ったころに真帆の父親がもうずっと家に帰っていないという噂が流れた。

　噂好きな大人たちが、いろんなところで言っていたんだろう。

　父親が有名だった分、俺たちの耳にも入ってきたんだ。

　それでも気丈（きじょう）に振る舞っていた真帆だが、中学にもなれば、真帆みたいなタイプを目の敵にするやつも現れて。

　もともと敵を作りやすい性格もあって、真帆はどんどん孤立していった。

　父親という後ろ盾がなくなった今、小学生の時に仲良くしていたやつらも手のひらを返したように離れていき、挙句に、うっぷんを晴らすように悪口を言う奴もいた。

『いつも自慢ばっかりしてたから、バチがあたったんだよ』

『自業自得だよね』

　父親のことは真帆には関係ないだろ？

　一緒にいたらいい思いが出来るからって、金魚の糞みたいにくっついていたのはお前たちの方じゃねえのか？

　そんな態度に、俺は腹が立って仕方なかった。

　女子も含め、外見だけ見て入学当初はチヤホヤしていた男子まで、真帆を悪く言うようになった。

　ますます、クラスで孤立していく真帆。

　物を隠したり、目に見えるイジメをするやつも出てきた。

　俺は我慢出来ず、あるとき言った。

『お前ら、なにみっともねえことやってんだよ』

　真帆は、きっとボロボロに傷ついている。

　家の中でだって落ち着けないかもしれない。

　なのに、救いであるはずの学校でもこんな仕打ちを受けるなんて。

『真帆の気持ち考えたことあんのかよ』

　真帆に恋愛感情なんて全くなかったが、こんなのやり方は汚いと思ったんだ。

　ただ、みんな日ごろのストレスを真帆で発散させているだけだろ。

　けれど周りには、俺は正義を振りかざしたただの痛い奴

に映ったらしい。

『やっぱあのふたりはつき合ってるんだよ』

『凪は小学生の時から真帆が好きだったもんね』

　好きな女をかばってるだけだと軽く流された。

『凪くんありがとう』

　俺にそう言ってきた真帆は、小学校のときのように自信たっぷりの真帆ではなかった。

『私、転校するの。だからもういいよ』

　母親へも色んな風当たりがあったのだろう。

　もうこの街にはいられないと、引っ越すことになったらしい。

『私のこと忘れないでね』

『ああ』

『また会えるかな。その時は変わらず仲良くしてね』

　そう言って中学１年の冬、真帆は転校していった。

　そのあとから俺が女を振るたびに『真帆ちゃんのことがまだ好きなんだね』と言われるようになった。

　真帆に恋愛感情なんて一切ない。

　ただ女とつき合うのが面倒だったから、俺もその噂をありがたく利用していた。

　「どうして？」って、しつこく迫られることがなく「やっぱりそうなんだ」って、あっさり引き下がってくれることが多かったからだ。

　本当に再会するとは思っていなかった。まさか同じ高校に転入してくるなんて。

　苗字が変わっていたからすぐにはわからなかったが、ハキハキした口調、勝気な瞳は昔のままだった。

　久しぶりにふたりで話がしたいと言われ、部活が終わった後でいいならと、近くのファミレスにふたりで行った。

「お母さんが再婚したの。それでこの辺にまた住むことになってこの学校に入ったんだ。凪くんがいるなんてびっくりしちゃった」

　その日は、昔の懐かしい思い出話や、新しい中学はどうだったとか、ほとんど真帆が喋っていた。

　その頃から、乃愛の様子がちょっと変になった。

　俺を見る目が不安そうだったり、真帆がくれたクッキーをあからさまに気にしたり。

　もしかして妬いてくれてるのかと思い、これは脈アリなんじゃないかと喜んだ俺はただのガキだった。

　手の中にいたはずの乃愛が、だんだん離れていくのを肌で感じたからだ。

　決定的だったのは、あの日。

　昼休みの音楽室で、ふたりでいたところをまさか見られるなんて。

「誰にも聞かれたくない話があるの」

　そう真剣な顔で言うから断れなかったんだ。

　母親が再婚したって言うし、また家でも大変なことがあるのかもしれない。

　そこは俺にはわからない領域だが、"同志"という気持ちがあった。

「私がこの高校に転入してきたのは偶然じゃないよ。凪くんに会いたかったから。凪くんの通ってる高校を調べて、そこに編入できるように試験も頑張ったの」

　そう言われた時、俺と真帆の思いに温度差があることがはっきりした。

　真帆は、俺を……。

「ずっとずっと会いたかった……」

　そう言って俺に抱きついてきた真帆を、すぐに振りほどけなかったのは、つらかった気持ちがわかっていたから。

　大好きで自慢だった父親に裏切られた真帆は、物心ついたときには父親がいなかった俺とは比べ物にならないくらい寂しい思いをしただろう。

　俺が真帆の救いになっていたとしたら、それは本望(ほんもう)だし。

「お母さんとふたりの生活は大変だったし、中学の時に嫌なこともいっぱいあった。けど、頑張れたのは、凪くんがくれた言葉だよ」

　でも、真帆の俺への好意が、恋愛からくるものではなく、４年前の延長と軽く思っていたのが甘かった。

「私、凪くんのことが好きっ……」

　真帆の想いが明確になったとき。

　──ガンッ。

　物音がして顔を向けると、そこには焦ったような顔の乃愛がいた。

　今度こそ、体を離す俺。

　……一番見られたくない相手に見られてしまった。

　俺はひどく動揺した。

「ご、ごめんねっ」

　なぜか謝った乃愛は、その場から駆け出した。

「乃愛っ……！」

　絶対に誤解された。

　やばい。まずい。早く誤解を解かないと。

　追いかけようとした俺を、真帆の手が引き留めた。

「待ってよ凪くん」

　……っ。

「あの子のことが好きなの？」

　勝気な瞳が揺れていた。

　俺を見上げながら唇を強くかみしめ、シャツの袖を
ぎゅっと握る真帆に、その想いは強く伝わってきたが。

「……ごめんっ……」

　その手を振りほどき、乃愛のあとを追いかけた。

　乃愛は、なにを思ってあの場から逃げたんだろう……。

　教室に戻っても乃愛の姿はなくて、5時間目ギリギリに
戻ってきた乃愛の目は少し赤かった気がした。

　そもそも俺たちはつき合っているわけじゃない。

　何をどう弁解したらいいんだ？

　今まで自分の思うように乃愛を翻弄してきたくせに、大
事なことはひとつも伝えていなかった。

　俺の想いも知らない乃愛は、ただいいように利用された
と思っているのかもしれない。

　そう考えたら、今まで俺は何をやっていたんだと、後悔

ばかりが押し寄せてきた。

　帰ってからちゃんと話そう。そう思ったけれど。

「乃愛」

　……避けられた。

　俺を見た途端、2階へあがり部屋にこもってしまった。

　他の家族もいるし、乃愛の部屋に押し入ることもできず、話はできなかった。

　次の日、真帆にはハッキリ告げた。

「ごめん。俺、真帆の気持ちには応えられない」

「でも、ずっと凪くんのことが好きだったから。そんなにすぐに諦められない……だから、想っててもいい？」

　気持ちに応えられないうえに、想うのもだめだとは言えず。

「でも、それじゃあ真帆は幸せになれないよ」

　俺としては、精いっぱい真帆に対して向き合ったつもりだったが。

「それでもいいのっ……」

　真帆の意思は固かった。

　乃愛とのすれちがいが少し続いたある夜。

「おーい」

　和室のドアが開き、顔をのぞかせたのは嶺亜だった。

　夜の暇な時間は嶺亜の部屋に行っていることが多かったが、今日はなんとなく行けずに部屋で悶々としていたんだ。

「おう」

　入ってきた嶺亜は、俺にコーヒーの缶を投げてよこした。

「サンキュ」

　風呂あがりで喉も渇いていたから、すぐに蓋を開けて喉へ流し込む。

　冷たいブラックコーヒーは、シャキッと頭が冴える。

「どう？　調子は？」

「悪い」

「理由は？」

「乃愛に避けられてる」

「どうして？」

「わかんね……」

　嶺亜が来た理由なんてわかるし、気持ちを打ち明けてるんだから隠したってしょうがない。

　ぽつぽつと子どもみたいに吐き出せば、うーんとうなる嶺亜。

　そして、嶺亜なりの解釈を口にした。

「凪のことが好きだからショックを受けている、または、自分だけを構っていたはずの凪が、他の可愛い子と仲良くしていることに複雑な思いでいる」

　真帆が俺に積極的にアプローチしていることは、結構噂になっているらしい。

　嶺亜もそれを知っているみたいだ。

「そんなわけっ、てか、乃愛の方がずっと可愛いだろ！」

　3組の女子は顔面偏差値が高くてうらやましいなんて周りから言われた。

でも俺は、乃愛以外みんな同じように見える。

乃愛だけが特別だ。

つうか、乃愛が俺を好きとか都合のいいことがあるわけない。

だとしたら、やっぱり俺への不信感か？

「てか、もう好きって言えば？」

「今の状態でフラれてみろ。俺、帰る家ないぞ」

「だな」

ははっと笑う嶺亜は、まるでひとごと。

「はあ──」

俺は広げた布団の上に大の字に寝転んだ。

和室ならではの風格のある天井の模様をぼーっと眺める。

「俺はお前の親友だけど、乃愛の兄貴でもあるからどっちの味方って言えねえし。でも、ハッキリしてんのは、どっちも味方だってことだ」

「……」

「だから、ふたりが傷つかないでいてくれたらいいと思ってる」

嶺亜の気持ちはすごくわかったし、そう言ってくれるのはありがたかった。

結局俺がまいた種が、乃愛にも真帆にも、複雑な思いをさせてしまっているのはまちがいない。

これを解決できるのは、結局俺しかいないんだ。

嶺亜が出ていき俺も和室を出ると、乃愛がちょうど階段

からおりてきた。

　手にはパジャマ。これから風呂に入るみたいだ。

「の……」

　今日もやっぱり俺の姿を見ると逃げるように脱衣所に駆け込み、ドアをバタンと閉めてしまった。

「はあ……」

　名前を呼ぶことさえ出来ないのか。

　こんなにあからさまに避けられてたら、話なんて聞いてもらえないよな。

　──と、あることを思いつく。

　そうか、今なら聞いてもらえるかもしれない。

　俺は一か八か、強硬手段に出た。

　脱衣所のドアを開けると、温かい空気が漂っていた。

　今日はミルクの甘い香りがした。

　どんな気分で入浴剤を選んでいるのかわからないが、様々な色や香りの湯がバスタブの蓋を開けると現れる。

　それが、最近の楽しみなんだ。

　家に戻ってからも、入浴剤を買って入れようと思ってるくらいには。

「乃愛」

　ドア越しに呼び掛けると、お湯が激しく波打った音がした。

　……驚いたんだよな。

「ごめん、びっくりさせて」

「えっ、あのっ……」

　戸惑う乃愛の声。

「このまま、話聞いてくれるか？」

　くもりガラスの向こうに耳を澄ませば。

「うん……」

　乃愛の声が小さく響いた。

　逃げられないここでなら、俺の話を聞いてもらえると思ったんだ。

　勝手に俺が話すんだ。

　耳だけ傾けてくれればいい。

　俺は、誰にも言ったことのなかった真帆との関係について話した。

　こんなこと乃愛は知りたくもないかもしれないが、俺を避けている原因に真帆が絡んでいることは事実だろうから。

　時折ちゃぷんと跳ねるお湯の音が、乃愛からの相槌だと思い、俺は話を進めていく。

　真帆は勝手に同志のようなものだと思っていたこと、当時から恋愛対象としては見ておらず、真帆からの想いも今まで知らず戸惑っていること。

「真帆が俺を恋愛対象として見てたとは思ってなくて」

　心拍数が上がっていく。

　手にぎゅっと力を入れた。

　言うなら今だ。

　この流れなら不自然じゃない。

「俺が好きなのは、乃愛なんだ」

　言ってしまった。

　いつかは告るつもりだったし、これ以上ないタイミング
だ。

　生まれて初めての告白。

　散々乃愛に触れたりしているくせに、今までで一番緊張
した。

　だが……反応がない。

　俺の告白に驚いてるのか……？

「乃愛……？」

　気配すらしない。

「乃愛!?」

　もう一度呼んでみるが、変わらない。

　いよいよ不安になってくる。

「おい、大丈夫か？」

　俺は焦ってドアをバンバン叩いた。

　だめだ、変わらない。……こうなったら、

「開けるからな！」

　——ガラッ。

　目に飛び込んできたのは、バスタブから体を半分出した
状態でぐったりしている乃愛。

「乃愛っ!?　大丈夫かっ!?」

　慌てて風呂場に飛び込み顔を上にすると、乃愛は真っ赤
な顔で意識を失っていた。

「誰か————っ!!!」

　大声で叫ぶと、おばさんと嶺亜がすっ飛んできた。

「なにごとだよっ！」

　同じく乃愛を見たふたりは大慌てで乃愛を浴槽から出し、バスタオルで体を包む。

　その間、俺は足の震えが止まらなかった。

　なんで、こんなことに……。

「何があったんだよ」

　まさか裸の乃愛を俺が介抱するわけにいかず、なにも出来ずにその場で見守るだけの俺を見上げる嶺亜。

「……悪い……」

　やべえ……。俺の話が長すぎて、のぼせたんだ。

「凪くん、この部屋借りるわね」

「はい」

　和室の布団に乃愛を寝かせると、乃愛は、「んー」と軽くうなった。

　よかった。意識が戻ったみたいだ。

　おばさんと嶺亜も安堵の息を吐く。

　何よりも、一番ほっとしたのは俺だ。

「一体どうしちゃったのかしら」

「すみません……。俺がドア越しに乃愛と喋ってて……それでのぼせたんだと思います」

「まあ……」

　風呂に入っている娘にドア越しに長話する俺をどう思っただろうか。

　嶺亜は何か言いたそうに俺をじっと見ていて、ばつが悪くてすぐにそらした。

　少しすると、乃愛は完全に意識を取り戻し目を開いた。
「あれ……？」
　まだ少し赤い顔で、不思議そうに俺たちを見る。
　風呂に入ってたのに、気づいたら部屋に寝かされてたらそりゃ驚くよな。
「お風呂でのぼせて倒れちゃったのよ」
「えっ……あ……そっか」
　乃愛は俺に目を向け……そして、すべてを思い出したようにうなずいた。
　それから、スポーツドリンクを口に含んだりしていると、顔色も普通に戻ってきた。
「もう大丈夫そうね。でも、しばらくここで休んでなさい」
　おばさんは安心したように和室を出ていった。
　嶺亜にはいてもらいたかったのに、気を利かせたのかふたりきりになってしまった。
「ごめん……俺のせいで」
「ううん……私の方こそ、ごめんなさい。今まで凪くんの話を聞こうとしないで……」
　乃愛は布団を口元まで上げた。
「でも、嬉しかった」
　そして、恥ずかしそうに視線を俺に合わせる。
　久しぶりに乃愛と目が合った。
　それがこんなにも嬉しいなんて。
「話してくれてありがとう」
　ほっとしたのもつかの間、ひとつ疑問が生まれた。

「俺の話、どこまで覚えてる？」

　告白したのに、それに触れず何事もなかったように俺と接するということは……。

「えーっと……音楽室で、河村さんに……告白された話の辺り……かな」

　…………まじか。

　俺の告白は幻になったってわけか。

　一瞬めまいがしたが……。

　告白は、乃愛の目を見てやり直せと言われているのだと思った。

「そっか」

「ごめんね、途中で倒れちゃって」

「そんなの全然いいよ。てか、話はそこまでだったから」

「それならよかった」

　今はただ、にっこり微笑むその顔に安心して、俺は乃愛の頭を優しくなでた。

声に出した「すき」

「凪くんて、やっぱり河村さんとつき合ってるのかな。今朝もふたりで登校してきてたよ」

「ほんとにー？　やっぱそうなの？」

　平田さんたちのグループが、朝から騒いでいる。

　ふたりで登校……というのはちょっと違って、通学途中で河村さんが待っているみたい。

　そうすると、嶺亜は河村さんからの「邪魔」という視線を感じて離れて歩くから、ふたりで登校しているみたいになるんだって。

　嶺亜からそれを聞いた萌花ちゃんが、言いにくそうに教えてくれた。

　つき合ってるなんて、嘘だもん。

　私は凪くんから聞いたことだけを信じよう。

　お風呂場にまで来て話しかけられたのにはびっくりしちゃったけど。

　逃げまくっていた私に、あそこまでして事実を伝えてくれた凪くんの気持ちがうれしかった。

　どうでもよかったら、あそこまでして話してくれないよね。

「萌花ちゃん、私負けないから」

　平田さんたちの声に不安そうな顔をしていた萌花ちゃんに、私はキッパリ宣言した。

「乃愛ちゃん……？」

「私も、河村さんに負けないように頑張ろうと思うの」

　いつも凪くんからしてもらうばっかりで、自分から凪くんになにか行動を起こしたことはなかった。

　私はずっと受け身だった。

　好きなら、もっと自分からアピールしなきゃいけないよね。

　河村さんを見ていたら、気持ちが奮い立たされたんだ。

　河村さんは、凪くんと再会してからすぐに積極的に行動を起こしてる。

　私には真似出来ない、すごいって思ってたけど、他人事じゃなくて私も好きだったらそのくらい行かなきゃダメなんだよね。

　嶺亜だって、ずっと萌花ちゃんに何度も告白したりアピールしてたんだから。

　ここで負けるわけにはいかないもん。

「乃愛ちゃんすごいっ！」

　萌花ちゃんは大興奮で私の手を握った。

　そんなの当たり前のことなのに、大げさに褒められてちょっぴり照れくさい。

　凪くんは、河村さんに恋愛感情はないって言ってた。

　だとしたら、前に告白された時に好きな子がいるって言ってたのは、誰のことなのかな。

　もしかしたら、告白されたときの断り文句かもしれない。

　あれだけモテるし、そういう手を使うかもしれないよね。

「乃愛ちゃん、イメチェンしてから変わったね」

「そ、そうかな」

　そんなことを言われて照れちゃう。

「うん。やっぱり自分に自信を持つっていうのは、すごい武器だよね」

「そうかもしれない。萌花ちゃんのおかげだよ、ありがとう」

　下ばっかり向いていた自分にサヨナラしたら、気持ちまで上を向けるようになった。

「ふふっ、新城くんと両想いになれるといいね」

　両想い……なんてすてきな響きなんだろう。

　好きな人が自分を好きになってくれるなんて奇跡みたいなこと。

　嶺亜だって、３回目でつかんだ奇跡。

「ありがとう、萌花ちゃん」

　でも、応援してくれる親友がいることだってすごい武器に思えて、頑張る力が湧いてきた。

　授業間の休み時間、後ろのロッカーから英語の辞書を出していた時。

「藤森さんて、高校デビューなんだね」

　ふいに、河村さんに話しかけられた。

「え？」

　どうしてそんなことを……？

　誰かから、ずっと地味でいたことを聞いたのかと思ったんだけど。

「ほら」

　河村さんが指をさしたのは、教室の後ろに貼られていた
クラス写真だった。

　クラス替えをしたばかりのころ、校庭の桜の木をバック
に撮影したもの。

　そこに映っている私は、当然地味なあの姿。

「あ……」

　この写真の存在なんてすっかり忘れていたよ。

　今はもうこの姿に慣れたから、今更見るととっても恥ず
かしい。

「すっごい探しちゃったよ。そしたら、今と全然違うから
びっくりした」

　そう言って肩をすくめる河村さんは、私のことを見定め
るように目線を上下させる。

「メガネ取ったら実は美少女でしたってパターンか」

　そして、ひとりで納得するようにうなずく。

　うっ……これは、もしかして牽制してる？

　だって、河村さんも凪くんを好きなんだもんね。

　現れたライバルに、身構える。

　警戒していると、唐突に核心に迫ってきた。

「藤森さんて、凪くんのこと好きなんでしょ」

　やっぱり好きってバレてた。

　告白現場を見て逃げ出したあの時の私を見れば、そう思
うのは当然かも。

「うん」

　隠すこともないし、私は素直にうなずいた。

　正々堂々勝負するって決めたんだから。
「ふーん」
　河村さんは唇を尖らせて余裕そうにうなずく。
「でもね、私の方が凪くんとの歴史があるし、家庭環境も似てるからすごくわかりあえるんだよね」
　こ、これはもしかして宣戦布告ってやつ!?
　少女漫画ではよくあるけど、本当に起きるとは……！
「私諦めないから。もう５年も好きなんだし、１回振られたくらいどうってことないわ」
　つ、強い。河村さん強すぎる……。
　でも、これに負けちゃだめだよね。
「わ、私だって、凪くんのこと沢山知ってるしっ……」
「……っ」
　言い返すと思っていなかったのか、うっと言葉に詰まる河村さん。
　好きになった期間は短くたって、凪くんを好きな気持ちが小さいわけじゃないもん。
「私、負けないから」
　河村さんは自信たっぷりに言うと、ふんっと髪をひるがえして席に戻った。
　私だって負けないもん！

　次の日の朝。
「……ックション!!」
　凪くんがくしゃみを連発していた。

　風邪ひいちゃったのかな、大丈夫かな？

　なんだか、目も少し赤い気がする。

「また噂されてんじゃねえの？　相変わらずモテるな〜」

「ばーか」

　嶺亜がヘンな突っ込みを入れて、凪くんが笑う。

　朝ごはんは、ちゃんと食べていたし。

　とりあえず元気そうで良かったと思ったんだけど……。

「先生！」

　それは２時間目の授業中のこと。

　突然、河村さんが手を挙げた。

「どうした、河村」

「新城くんが具合悪そうなんです」

　えっ？

　凪くんを見ると机に突っ伏していた。

「おい、新城、大丈夫か？」

　授業は一旦中断し、先生が凪くんの元へ歩み寄る。

　先生の問いかけに、凪くんはゆっくり頭を上げた。

　その顔は少し赤くて、なんとなくぼーっとしているように見える。

「ちょっと頭痛いっす……」

　ざわざわっ。

「寝てただけじゃないのかよ」

　近くの男子がそう言うと、みんなも驚いた顔をしていた。

　だけど、優秀な凪くんが授業中に寝てるとこなんて見たことない。

「具合悪そうだな。じゃあ保健室に行くか」

　先生がそう言うと、河村さんがすくっと立ち上がる。

「ひとりじゃ心配なので、私が付き添います」

　言うや否や凪くんの元へ駆け寄り、体に手を添える。

　凪くんは「わりい……」そう小さく言うと、差し出した河村さんの手を借りながら席を立つ。

　……凪くん。

　そう言えば、朝くしゃみしてた。

　声も少しいつもと違った。

　なのに、私は気づけなかった。

　何もできず唇をかんで、教室を出ていくふたりを見ているだけ。

　ずっと目で追っていると教室を出る寸前、河村さんが振り返って。

　私に向かって小さくべーっと舌を出したのだ。

「……っ!?」

　なに、今の！

　完全に挑発されちゃったよ。

「乃愛ちゃーん……」

「悔しいよぉぉぉ」

　さっきのことを萌花ちゃんに話して、項垂れる私。

　それよりも、凪くん大丈夫かな。

　どうしたんだろう。

　お布団がちゃんとかかってなかったのかな。

　夏風邪って意外と厄介で長引くっていうし、心配だよ。

　そこへ河村さんが戻ってきたと思ったら、凪くんのカバンに机の中のものを入れていく。

　え?

「河村さんなにしてるの?」

　平田さんがそう聞くと、河村さんは手を止めずに顔だけを彼女の方に向ける。

「凪くん熱があったから早退することになったの」

　熱!?

「じゃあ、これ持っていくから次の授業に間に合わなかったら先生に伝えといてくれる?」

　平田さんにそうお願いすると、すぐに教室を出ていった。

　私は手をぎゅっと握りしめる。

　……さっそく負けちゃった。

　私の方が凪くんの近くにいると思っていたのに、やっぱり河村さんには敵わないのかな……。

　お昼休み。

　今からお弁当を食べるというところで。

「萌花ちゃんごめん、私帰る!」

「えっ?」

　包みを開いていた萌花ちゃんは、びっくりしたように私を見る。

「凪くんが……心配なの」

　凪くんが帰った3時間目から、ずっと気が気じゃなかったんだ。

　お母さんは仕事で家にいないから、凪くんは今家にひとりぼっち。

　しかもそこは人の家。

　食べ物だって勝手に食べれないだろうし、薬の場所もわからないはず。

　萌花ちゃんは、そんな私に向かって大きくうなずく。

「わかった。先生には私から話しておくね！」

「萌花ちゃんありがとう」

　そうと決まれば、すぐに帰りの支度を始めた。

　カバンに荷物を詰めて肩にかけ、萌花ちゃんに手を振って教室を出るまで１分もかからなかったはず。

　急ぎ足で廊下を進んでいると、

「あれ？　乃愛帰んの？」

　廊下で嶺亜に会った。

　カバンを持っている私を不思議そうに見る。

「うん、凪くんが具合悪くて早退したの。心配だから私も帰ろうと思って」

「マジで？　やっぱ具合悪かったんだ。確かに朝からぼーっとしてんなとは思ってたんだ」

「家誰もいないし、心配でしょ？」

「それもそうだな。じゃあ、頼んだよ」

　そう言って、軽く手を挙げた。

　風邪をひいたときは何が必要かな？

　やっぱり水分とかビタミンが大事だよね。

　帰り道にあるスーパーによって、少し買い物をしてから

帰った。

　鍵をそっと開けて家へ入ると、凪くんは和室に広げた布団の上で、タオルケットを掛けて丸くなっていた。

　ちゃんと着替えたみたい。

　制服は布団の横でくしゃくしゃに投げ出されていたけれど。

「大丈夫……？」

　そっと声をかけて近寄ると、

「ん——」

　うっすら目を開けた。

「あ、ごめん。起こしちゃった？」

「え、もうそんな時間……？」

　少しかすれた声でそう言った凪くんは、壁に掛けられた時計を見て。

「あれ？」

　次に私に視線を戻す。

　私が帰ってきたからもう夕方だと思ったみたい。

　だけど時間はまだ13時ちょっと過ぎ。

「どうし、たの……？」

「喉、痛いの？」

　問いかけられたことより、かすれた声が心配になった。

　どうやら本格的に風邪ひいちゃったみたい。

　慣れない家での生活で、実は沢山神経を使っていたのかも。

　私が凪くんと一緒の生活で気が休まらないなんて思って

いた比じゃないよね。

「あ、寒いよね」

　私は押入れから掛け布団を取り出し、タオルケットの上から被せた。

「ありがとう」

　やっぱり寒かったのか、布団をかけると丸めていた体を伸ばして上を向いた。

「ごはん食べられそう？　おかゆ作ってくるね」

「悪い……」

「悪くなんてないよ。じゃあ、少し待っててね」

　私はキッチンへ行き、炊飯器に残っていたご飯をお鍋に入れて、卵がゆを作った。

　あとは、リンゴとスポーツドリンクを用意して……と。

　それらをおぼんに載せて和室へ行くと、ピピピピ……と体温計が計測を終了する音が聞こえた。

「わっ……」

　体温計を見て、顔をゆがめる凪くん。

　私は慌てて近寄った。

「何度だったの？」

「38度8分」

「えっ、そんなにあるの？」

　おぼんを置いて、体温計を覗き込んだ私はびっくりした。

「うつると困るから、近寄んない方がいいよ」

「そんなの気にしないで。それよりも、病院に行かなくて大丈夫？」

　これだけ熱があったらつらいよね？

「へーきだって。いつも年に1回くらい熱出すし。お、すげー
いいにおい」

　少しつらそうにしながらも、壁に背中をつけて上半身だ
け起こす。

　でもやっぱりダルいのか、腕はだらんと下がっている。

「味はどうかわかんないけど……。食べたら薬持ってくる
ね。はい」

　凪くんの口元へスプーンを運ぶと。

　スプーンと私を見比べる凪くん。

「……食わせてくれんの？」

「……っ。あのっ、変な意味はないよっ、スプーン持つの
大変でしょっ、だから……」

「……変な意味って？」

「へっ？　あ、それは……」

　私、なに変なこと口走っちゃったんだろう。

　あたふたした私に、凪くんは軽く笑ってから口を開けて
くれた。

　わああぁ……なんか私、墓穴掘っちゃったよね。

　持ってきた分はちゃんと食べてくれて、スポーツドリン
クを飲んで、薬も飲めた。

　これなら、あとは寝ていれば少しはいいかな？

　凪くんは体を横たえ、その上からお布団をしっかりかけ
る。

「じゃあ、私リビングにいるからなにかあったら声かけて

ね」

　立ち上がろうとしたら。

　熱を持った凪くんの手が、私の手を掴んだ。

　——え？

「ここにいて……」

　すごく弱々しい声。

　具合が悪いせいか、瞳は少しうるんでいる。

　……凪くん？

「……うん、わかった」

　その手に私の手をそっと重ね、畳の上に座り直した。

「ありがと」

　凪くんは少し微笑むと、安心したように目を閉じた。

　具合が悪い時は心細いもんね。

　私も経験あるからわかる。

　いつもの強引な凪くんじゃない姿は、ちょっと不思議な感じがするけど。

　早く良くなりますように。

　そう願いながら、優しく手を包んだ。

「……乃愛」

　どのくらい時間が経ったんだろう。

　名前を呼ばれてはっとした。

　やだっ、寝ちゃった。

　凪くんの手を握ったまま私は畳の上に横たわっていて、慌てて飛び起きた。

「凪くん、どうしたの？」

　そう呼び掛けても、凪くんは瞳を閉じたままで。

　あれ？　今、確かに私のこと呼んだよね？

　夢じゃなければ聞こえたんだけどなあ……。

「んー……のあー……」

　またた。やっぱり私の名前。

　でも、目はつむったまま。

　もしかして、寝言で私の名前を呼んだの……？

　そうだとしたら、嬉しいような恥ずかしいような、胸の
奥がくすぐったい気持ちになる。

　穏やかな寝顔。

　好きだなあと改めて思う。

　カッコいいところも、強いところも、優しいところも、
強引なところも。

　いつも凪くんは、隠さずすべてを私に見せてくれる。

　そして今日みたいに、こんな風に甘えてくれたり。

　そんな寝顔を見ていたら、思わず口にしてしまった。

「凪くん……すきっ……」

　好きが溢れすぎてどうしようもなくて。

　初めて伝えたこの言葉。

　凪くんに聞こえてるわけないのに、ものすごくドキドキ
した。

　凪くんの熱は次の日には下がったけれど、大事をとって
学校は休み、2〜3日もすればすっかり元通りの体調に

戻った。

　今日から部活に復帰するらしいけど、無理しちゃわない
か心配。

　夏風邪は厄介だって言うし、ぶり返したりしなければい
いけど。

「ただいま」

　私が家に帰ると、待ち構えていたかのようにお母さんが
言ってきた。

「凪くんのお母さん、仕事のトラブルで急遽(きゅうきょ)会社に行かな
きゃいけなくなって、明日帰ってくることになったのよ」

「えっ？」

「明日は帰ってきたばかりでバタバタしそうだから、凪く
んは明後日家に戻ってもらうことにしたから」

　凪くんが家に来てから３週間。

　ここには１ヶ月いるって聞いていたから、もう少し一緒
に暮らせると思ってたのに。

　急すぎるよ……。

「明日の夕飯は凪くんの送別会にしないとね」

　お母さんも少し寂しそうだった。

　そして、あっという間に次の日の夜。

　５人で囲む最後の夕飯。

　テーブルには、唐揚げやグラタンや出前のお寿司など、
ご馳走(ちそう)が並んでいた。

「うわー、こんなに豪華(ごうか)な食事で送りだしてもらえるなん
て、ありがとうございます」

　凪くんは目の前のご馳走に驚きながら、頭を下げた。
「息子がひとり増えたみたいで楽しかったのに。寂しくなるなあ」
「またいつでも遊びに来てちょうだいね」
　お父さんもお母さんも、凪くんのことをすごく気に入っていたから余計に寂しそう。
「はい。ほんとうにお世話になりました」
「食おうぜ食おうぜー」
　しんみりした空気を吹き飛ばすように、嶺亜はマイペースに箸を伸ばした。
「そうね、食べましょ！　いっぱい食べてね」
　テーブルに並ぶ料理はどれも美味しそう。
　でも、私はあまり食欲がなかった。
「乃愛、あんまり食べてないじゃない。ほら、大好きないくらだぞ」
　それに気づいたお父さんが、小皿にいくらのお寿司を取ってくれる。
「うん、ありがとう」
「乃愛ってば、凪くんが家に帰っちゃうのが寂しくてご飯が喉を通らないんじゃないの？」
「お、お母さんっ！」
　何言ってるの！
　私は隣に座っているお母さんの腕をぱしんとたたく。
　凪くんは「そんなことないよなー」なんて言って、お父さんや嶺亜と笑いあっていた。

　……そうだよ。

　凪くんがいなくなるのが寂しくてたまらないんだもん。

　なんとか空気を壊さないようにその場では耐えて。

　送別会という名の夕飯が終わると、私は自分の部屋に戻った。

　クッションを抱えてベッドに座る。

「あーあ……」

　はじめは1ヶ月なんて絶対無理だと思っていたけれど、過ぎればとっても楽しかった。

　ドキドキの連続だったけど、だんだん凪くんとも距離を縮めていって……。

　だからって、それだけだ。

　好きってアピールすることも、自分のいいところだって見せられなかった。

　はあ……。

　せっかくのチャンス、私ってば何してたんだろう。

　出来ることなら、凪くんがこの家に来た日からやり直したいよ。

　明日から凪くんがこの家にいない。

　なんだかものすごい喪失感に襲われた。

　凪くんは今、荷物をまとめたりしているのかな。

　手伝うふりして和室を覗いてみようかな……って思ってぶんぶん首を振ると。

　ベッドに置いてあったスマホが鳴った。

　電話なんて珍しいな、と思いながらスマホを手に取って。

「嶺亜？」

　表示されていたのは嶺亜の名前だった。

　どうして嶺亜から電話？

　用があれば直接来ればいいのに。

　不思議に思いながら通話をタップする。

「どうしたの？」

「今暇？　俺の部屋に来てくんね？」

「え？　なに？」

「じゃあ頼むわ」

　言いたいことだけ言うと、嶺亜は電話を切ってしまった。

「あっ……」

　わざわざ電話で呼ぶって……。

　もしかして緊急事態!?

「嶺亜どうしたの？」

　急いで向かい、声をかけながらドアを開けると。

　中から手が伸びてきて、私の腕をつかむとすぐにドアが
閉められた。

甘いキス ～凪side～

「えっ……な、なに……？」

　手を引っ張って部屋に引き入れると、乃愛は目を丸くして驚いていた。

「な、凪くん……？　嶺亜は……？」

「ごめん……乃愛と話がしたくて嶺亜に頼んだ」

「私と……？」

　乃愛に用があったのは俺だ。

「もうこの家で生活するのも最後なんだなーと思ったら、乃愛とふたりで話がしたくて」

　俺が呼んで来てもらえなかったら困るから、嶺亜から呼び出してもらったんだ。

「……っ。で、でもっ、明日からも学校では会えるし……」

　乃愛は、小さい声でそんな冷たいことを言う。

　……だよな。こんなこと思ってるの、俺だけだよな。

　地味にへこんだが、無理やり笑顔を貼りつけた。

「こっち来て」

　そのまま乃愛の手を引きベッドに座らせ、少し間をあけて俺も隣に座る。

　乃愛とこうしてふたりきりになるのは、ずいぶん久しぶりな気がする。

　真帆が転入してきてからはすれちがっていたし、そのあとすぐに俺が風邪をひいて。

せっかくの時間を無駄にしたな。

「体調はどう？　もう大丈夫？」

　少しもじもじしながら、乃愛が顔をあげる。

「うん、大丈夫。乃愛がそばにいてくれたおかげだよ」

　あの時は熱のせいでよく状況がわかっていなかったが、乃愛が早退までして俺の看病をしてくれたとわかった時は、信じられない気持ちだった。

　早退させてしまって申し訳ない気持ちと、俺のためにそこまでしてくれたんだっていう嬉しい気持ちが混ざって。

「そ、そんなこと……」

　髪を耳にかけながら顔を赤らめる乃愛。

　やべえ。可愛いすぎて押し倒したくなる。

　いつものように手が伸びかけて。

　ダメだ。

　今日はちゃんと話をするって決めたんだから。

　暴走しかけた理性を奥に引っ込める。

「はあ……」

　無意識なのか、乃愛が深いため息をついた。

　パジャマのショーパンから伸びる膝の上に両手をそろえて。

　え……そんなに俺といるのが退屈なのか？

　だとしたらマジへこむんだけど。

　様子を窺うようにじっと見ていると、小さく口を開けてぼそぼそつぶやく。

「これから頑張ろうって思ってた矢先に、家に戻っちゃう

なんて……」

　……頑張る？

　なにを頑張るんだ？

「乃愛、それどういう意味？」

　たまらず問いかけると「へ……？」と少し間の抜けたような顔をして。

「や、やだっ……」

　慌てて口を押さえる乃愛。

「もしかして声に出てたっ!?」

　俺は黙ってうなずく。

「わわわ忘れてっ……！」

　乃愛は顔の前で大きく手を振るが、聞いてしまったものは消せない。

　むしろ、興味深すぎる内容だ。

「ねえ、頑張る前に家に戻るってどういうこと？」

　もしかしたら……と、期待してしまう。

「言わないと──」

「……っ！」

　まだその先を言ってもないのに、乃愛は両手で口をふさいだ。

　……乃愛のくせに学習能力があるな。

　そんなに俺にキスされるのが嫌か？

　乃愛は真っ赤な顔をしながら、堪忍したように口を開いた。

「前に、凪くんが告白されてるのを聞いちゃったの」

　え?

「お昼休みに、一緒にご飯を食べた日……」

「ああ……あれか」

　まじか。まさか乃愛に聞かれてたなんて。

「その時に凪くん、好きな子がいるって言ってたでしょ?」

　少し不安げな上目づかい。

　言ったな。それはもちろん乃愛のことだ。

「だ、だから……」

　ぐすんっ……乃愛はすこし項垂れて鼻をすすった。

　それで"頑張る"ってことは、つまり。

　ドクンドクン。

　鼓動が激しくなっていく。

　もう、言ってもいいか?　言うなら今か?

　この間伝えそびれた俺の気持ち。

　そうと決めたら迷わず言った。

「それ、乃愛のことだよ?」

「え……?」

　涙で濡れた瞳が、俺をまっすぐ見つめた。

「好きな子っていうのは、乃愛」

　もう一度言うと、乃愛はきょとんとした顔で俺を見つめた。

「う、うそ……」

「うそじゃない。俺が好きなのは乃愛」

「どうして……私?」

　首をこてんと傾けたその仕草が無防備すぎてやばい。

　本当に気づいてなかったんだな。

　結構アピールしてたつもりなんだけど。

「入学したてのころ、放課後音楽室で乃愛がピアノを弾いてるのを聞いたんだ」

「えっ、あれ聞いてたの？」

「ああ。はじめは音に聞き惚れて覗いたら、仕草に惚れて。そのあと乃愛の素顔に惚れて、性格に惚れた」

　乃愛は、大きい瞳をさらに大きくして俺を見つめる。

「だから、俺は乃愛の全部が大好きってこと」

「……っ」

　やっぱり目を見てちゃんと伝えられて良かった。

　その方が、気持ちも伝わるはずだから。

「わ、私も凪くんが……き……」

「なに？　聞こえない」

　ちょっとイジワルだったか？

　真っ赤な顔を俺に向けて、手を胸の前で組み呼吸を整える姿がたまらない。

　大きく息を吸い込んで、乃愛は言い直した。

「凪くんが、好きですっ……」

　俺は我慢できずに、乃愛にキスをした。

　夢みたいだ。

「んっ……」

　キスの合間に漏れる可愛い声に、もう理性はぶっ飛ぶ寸前。

　この可愛い可愛い乃愛が、俺のことを好きだって言うん

だから。

　我慢できずに体重を乗せると、俺たちの体は重なるようにしてベッドに倒れた。

「ね、ねえっ、誰か来たらっ……」

　さすがに家族がいる中での行為には警戒するのか、俺の胸に両手を押し当てる。

「大丈夫。嶺亜に誰も来ないように見張っててって頼んでるから」

　朝まで使ってもいいよとも言われたけど、それはさすがにな？

「それとも、乃愛はやめてほしい？」

　意地悪な質問だと思う。

　思いが通じ合った初めての夜くらい、もう少し一緒にいたい。

　それに、こんな風に夜を過ごすなんてこれからは出来ないんだから。

「やめ……ないでっ……」

「……っ」

　もうだめだ。理性が飛んだ。

　唇をすべらせ、胸元に唇を押し当てる。

　柔らかい感触に意識が飛びそうになりながら、俺のしるしをつけた。

　──チュ。

　いやらしいリップ音とともに。

「やあっ……」

　体をよじって感じる乃愛が可愛くてたまらない。

　乃愛のこんなに感じている姿も、可愛い声も、俺だけが
見れるのかと思ったら、幸せでたまらない。

　乃愛が本当に俺のものになった。

　すごく幸せな夜だった。

雨の日のデート

　あのあと凪くんは自分の家に戻り、すぐに夏休みに入った。

　高校2年生の夏休みはあっという間に過ぎ去り、もう9月も半分が過ぎたところ。

　凪くんが彼氏なんて今でも信じられない。

　朝起きたら全部夢だったらどうしようって思うこともいまだにあるんだ。

　私と凪くんがつき合ってることは、すぐに学校中に知れ渡ってしまった。

　出来れば目立ちたくなかったけど、凪くんが言いふらしちゃって。

　だから……。

「ねえ」

　ツンと尖った声で私を呼んだのは、河村さん。

「あっ……」

「凪くんとつき合ってるって、本当？」

　その勢いに、ちょっぴり押されそうになる。

　しっかり直接聞いてくるあたり、河村さんらしいな。

「うん、ほんとう……」

　おどおどしながらも、私はうなずいた。

　また、牽制されちゃうのかな。

　じーっと私を見つめていた河村さんだったけど。

「それならもうしょうがないか」

　ポツリとつぶやいて。

　そして、言ってくれたんだ。

「……人の幸せを邪魔するつもりはないから」

　伏せた目には、うっすら涙が浮かんでいた。

　その言葉は河村さんだから言えるんだと、胸が熱くなった。

「だけどっ、凪くんを悲しませたら絶対に許さないんだから！」

　強い口調で言われたそれも、凪くんのことを本当に大切に思っているのがすごく伝わってきて。

「うん、わかった。ありがとう河村さん」

　彼女の想いを受け止めて、私たちは初めて笑いあった。

「凪くん、あれから全然遊びに来てくれないわねえ」

　ダイニングテーブルで、さやえんどうの筋取りをしながらお母さんがぽつりとこぼす。

　なんの前触れもなく凪くんの名前を出すから、私はびくっと肩をあげてしまった。

「そ、そうだね……」

　だって、私の彼氏だし。

　突然名前が出てきたらびっくりするよ……。

「元気にしてるの？」

「え、私？　なんで？」

　どうして私に凪くんの安否をたずねるんだろう……？

もしかしてつき合ってることバレてる!?

密かに焦りだしたとき。

「なんでって、乃愛同じクラスでしょ？」

「あー……そうだよね……」

私は目を泳がせながら、大きくうなずいた。

そっか、そういうことか。

私ってば早とちりしちゃった。

「ぷっ、そうじゃない。おかしい子ね」

お母さんは笑いながら首をかしげる。

うわあ、まずいまずい。

これ以上ここにいたら、うっかり変なことを口走っちゃいそうだから、私はそそくさと自分の部屋に避難した。

目に飛び込んできたのは、ベッドに転がしてあるティーン雑誌。

今までこういう雑誌は読んだことなかったけど、恋愛について知りたくて、片っ端から読んでみたんだ。

色んな人の経験談はすごく興味深くて、読んでいると時間も忘れちゃうほど面白かった。

つき合って2ヶ月も過ぎれば倦怠期に入るとか、釣った魚にエサをやらない男の子もいるから気をつけて、なんて書いてあった。

私たちはつき合ってからちょうど2ヶ月が経つけど、倦怠期でもなければ、釣った魚うんぬんなんてのもないと思う。

ただ。

　つき合ってから、凪くんの私に対する接し方がマイルド
になったかなって思うんだ。

　つき合う前から私を翻弄しまくってた凪くん。

　つき合ったらどんなことをされちゃうのか最初はドキド
キしていたけど、心配するに及ばなかった。

　嶺亜を口実にうちに泊まりに来ることも出来るのに、遊
びにさえ来ないの。

　夏休みは、プールに行ったりお祭りに行ったり、カップ
ルらしいデートもした。

　でも、お互いの家には行くことはなくて。

　物足りないわけじゃないけど、どうしてつき合ったとた
んに大人しくなっちゃったのか謎なんだ。

　つき合う前の方が、私たち触れ合ってた。

　もっと触れ合いたいって思う私は、おかしいのかな……。

　もしかしたら、つき合ってみてやっぱり何か違うって思
われたんじゃないかって、ちょっぴり不安なんだ。

　今日のお昼休みは、凪くんと一緒のご飯。

　いつもの中庭でお弁当を広げていると、ちらちら浴びる
視線。

　凪くんはかっこいいから仕方ないけど、そんな周りから
の視線にはまだちょっと慣れない。

「今度さ、俺の分のお弁当作ってきてよ。乃愛の作った弁
当が食べたい」

「うんいいよ」

嬉しいな。

凪くんからそんなことを言ってもらえるなんて。

この間もサンドイッチを美味しい美味しいって食べてくれたし、張り切って作っちゃうよ。

「やったあ。マジで楽しみ」

その顔は本当にうれしそうで、私までうれしくなる。

私は笑顔の余韻を残しながら、口にする。

「お母さんがね、凪くんが遊びに来てくれないから寂しいって言ってたよ」

お母さんをダシにしちゃったけど、私だって同じ気持ち。

遠回しに、家に遊びに来てほしいなっていう思いで言ったんだけど。

凪くんは「あっ」って顔をすると、こめかみの辺りをぽりぽりかいた。

「あー、ごめん。さんざんお世話になっておきながら、それっきりだもんな……」

「ううん、そういうのはべつにどうでもいいの。ただ、お母さんは凪くんのこと気に入ってたから、単純にそう思っただけだと思うんだ」

けれど、凪くんは黙ってしまった。

あれ、私へんなこと言っちゃったかな……？

不安になりながら凪くんを見ていると。

「てかさ俺、乃愛んちに行ったらヤバいと思うんだよ」

「どういう、こと……？」

真面目な顔をしてそんなことを言うから、胸がざわざわ

する。

「乃愛んちに行ったら、絶対乃愛とふたりきりになりたいって思うし、嶺亜のダチとして泊まりにいったとしても、その……乃愛が欲しくて夜中に部屋に襲いに行きそうで怖いんだ……」

「ええっ……」

　私が欲しい……そんな言葉にぶわっと体が熱くなる。

　だ、だってそんなこと凪くんが思ってたなんて……！

「つき合ってない時はどこかで自制がきいてたけど、もう乃愛が俺のもんだと思ったら、たぶん俺、無理」

　真顔で訴えられて、私、どうしていいかわかんない……。

　その顔を見つめながら、ゴクッと唾をのむだけ。

　でも、それだけ私のことを大切にしようとしてくれてるんだって思いも伝わってきた。

　触れ合いたい……そう思ってたのは私だけじゃなかったんだね。

　それが知れただけでも安心した。

　すると、ふにゃっと凪くんが顔を崩した。

「って、こんなの太陽の真下でするような話じゃないよな」

　えへっと笑い、顔を赤らめる凪くんが可愛い。

　そしてもっと愛おしくなった。

「でも、いつか俺のものにするから覚悟しておいてね」

　耳元でこそっとささやかれて、私の体は頭から湯気が出そうなほど熱くなった。

　やっぱり凪くんは凪くんだ……！

　今日は特別時程で14時には完全下校。

　凪くんも部活がないからデートすることになった。

　放課後デートはいつも部活のない水曜日だけだし、今日は時間も早いから長く一緒にいられてうれしい。

　私たちは、学校の最寄駅に入っている駅ビルに行った。

　楽しいお店が色々入っていて、放課後はここで遊ぶ子たちが多いんだ。

　今日は特にうちの学校の生徒がたくさんいる。

　雑貨屋さんを覗いたり、CDショップや本屋へ行ったり。

　そのあとはカフェで甘いものを食べて楽しい時間を過ごした。

　それにしても……。

「みんな凪くんのこと見てるね」

　萌花ちゃんといるときもだけど、凪くんと一緒にいるときは女の子たちからの視線がすごいんだ。

　凪くんを見ているのはもちろん、「なんで隣にいるのがあの子なの!?」って思われてそう。

　肩身が狭くて、無意識に肩を縮めちゃう。

「そんなことないよ。可愛い乃愛を見てるんだって、ほら」

　凪くんがそう言って示す先にはこっちを見ている男の子たちがいたけど。

　いや、それは違うと思うよ。

　イケメンすぎて男の子も見ちゃうんだよ。

「見んなって牽制してやろう」

　すると、凪くんはいきなり私の肩に手をまわして自分の

　方に寄せた。

　　それから私の耳元に口を近づけて。

　　──カプ。

　　か、か、噛んだっ……。

　　ひゃあ〜〜〜〜っ、な、なにしてるの。

　　人前でこんなっ……。

　　ぎょっとして凪くんを見ると、視線は男の子の方に向け
たまま。

　　そ、それ、なんの挑発!?

　　そんなことしたって意味ないから……‼

　　彼らはというと……気まずくなったのか、逃げるように
そそくさとそこから去っていった。

「乃愛を見たバツ」

　　凪くんは満足したように呟く。

　　絶対そんなことないのに。

　　あんなの見せられてかわいそうに……。

　　彼らにちょっぴり同情しちゃった。

　　そのあとは、駅から少し離れたところにある広い公園に
移動してお喋りしていたんだけど。

　　空が真っ暗になったのは突然のことだった。

　　ぽつぽつ……。

　　雨が1粒2粒と落ちてきて。あっという間にザーッと土
砂降りになってしまった。

「きゃー‼」

「うっわ、まじか！」

　凪くんは私の頭の上にカバンをかぶせてくれるけど、そんなのじゃどうにもならない勢い。

　冷たい雨は、私たちをあっという間に濡らした。

　制服も体もすでにびちゃびちゃ。

　公園は頭上の見通しがいいとこばかりで、雨をしのげるところがなくて。

　右往左往して、なんとか軒のある場所へ入って雨宿り。

「こんな急に降るとか反則だろ」

　凪くんは腕の水滴をはじきながら、恨めしそうに空を見上げる。

「うん。今日は雨の予報じゃなかったのにね」

　だけど、さすが９月だけあって雨の日は多い。

　今日は久しぶりに雨が降らない予報だったから、デートの日に天気の神様が味方してくれたんだと思っていたのに。

　おかげで折り畳み傘も持ってない。

「寒くない？　大丈夫？」

　そう言って視線を私に落とした凪くん。

「うん、だいじょ……っ!?」

　出した声は、途中で途切れた。

　だって、凪くんが急に抱きしめてくるんだもん。

「な、凪くんっ？」

　こんな所でいきなりどうしたの!?

　何が起きたのか、戸惑い気味に呼びかけると。

「今の乃愛、誰にも見せたくない」

　そんな甘い言葉を言われてビックリ。

　ちょ、急になに!?

　ドクドクドク……少し早い凪くんの鼓動が、重なった胸元から伝わってくる。

　私だってドキドキしてる。

　でも、嬉しい……。

　凪くんに抱きしめられるのって、久しぶりな気がするから。

　私も背中に手を回そうとしたとき。

「今の乃愛、エロい」

「え……」

　そんな声が落ちてきて、一瞬思考が停止する。

　私の思ってることがバレた……?

　いや、ないないないない。

　そんなことあるわけないと思って、何のことだろうと考えていると。

「自分で確認して」

　そう言われて視線を下に落とすと、とんでもないものが目に入った。

「ぎゃっ!」

　思わずはしたない声が出ちゃった。

　だって。

「それはヤバい、だろ……?」

「……だね」

　私は素直に認めた。

　だって、雨に濡れたブラウスの上からは、ブラが透けて
くっきり見えちゃってたんだもん。

　は、はずかしい。

　私を抱きしめたかったんじゃなくて、隠そうとしてくれ
たんだ。

　ヘンなこと考えちゃってた自分がさらに恥ずかしい……！

「乃愛、上着なんて持ってないよな」

「うん、ない……」

　この季節、半袖シャツ1枚で十分だし、寒い時に羽織る
カーディガンは教室に置きっぱなし。

「こんな姿で帰せねえよ……」

　困ったように呟く凪くんに、私もどうしようかと考える。

　雨はまだ降ってる。

　最悪、カバンを胸に抱えて走って帰れば大丈夫かな。

　背中側は仕方ないから忘れよう。

　凪くんが、何か思いついたようにパッと顔をあげた

「そうだ。ここからだったら俺んちの方が近いから、いっ
たん寄って制服乾かそう」

「えっ、凪くんち？」

「その方がいいだろ。早く拭かないと風邪ひくし」

　濡れてるのは私だけじゃない。

　凪くんだって同じくシャツから肌が透けて見えちゃって
る。

　また、熱が出たら困るよね。

「う、うん。わかった」

　ここからは徒歩で10分くらいみたい。

　このまま凪くんの家に向かうことになった。

「乃愛、出来るだけ腕で前を隠して身を丸めて」

　歩きながらそんな指示を出してくる凪くん。

　誰も私のことなんて見てないのに……と思ったけど、凪くんが厳しいから私は出来るだけ身を丸めて早歩きする。

　凪くんの家は、外観のきれいなマンションだった。

　エレベーターに乗ると、6階のボタンを押す凪くん。

　ガシャン、とエレベーターの扉が閉まった瞬間、緊張に包まれた。

　ふたりきりっていうことが急にリアルになってドキドキしちゃったんだ。

　だって一応……か、か、彼氏の家に行くんだし。

　エレベーターのボタンの前に立つ凪くんを背中側から眺める。

　シャツから透ける肌。

　濡れた毛先からポタリと落ちる雫。

　どれも同級生とは思えない色気を放っていて、改めてすごい人が彼氏なんだって実感した。

　これは、恨まれるよね……。

「ん？」

　視線を感じたのか凪くんがふいに振り返り、さらに心臓が跳ね上がった。

「ううんっ、何でもない」

　視線を前に戻したとき、エレベーターの扉が開いた。

　静かな廊下に、ふたつの足音が響く。

「ここだよ」

　凪くんが近くのドアの前で止まり、カギを開けた。

「お邪魔します……」

　玄関を開けると廊下がのびていて、突き当りがリビングになっているようだった。

　廊下や扉は濃いグレーで、すごく落ち着いた感じの内装。

　すぐ手前のドアを指して凪くんが言う。

「乃愛、先にシャワー浴びてきて」

「えっ？　シャワーなんていいよっ。タオルを貸してもらえたら大丈夫。あと、ドライヤーでシャツは乾かし──」

「濡れた体を温めなきゃ意味ないでしょ」

　だけど凪くんは、私の背中を押しながらお風呂場まで誘導する。

　そんな。

　初めて来た凪くんのお家でお風呂を借りるとか、む、無理っ！

　足が進まなくて、へっぴり腰になっていると。

「ほら早く。もたもたしてると俺も一緒に入っちゃうよ？」

　そんなのもっと無理っ!!

「ええっ！　は、入りますっ」

　そんな脅しに、私はお風呂場へ飛び込んだ。

　確かに濡れたシャツをずっと羽織っていたせいか、体はすっかり冷えていて、熱いお湯を浴びた瞬間生き返ったようだった。

　助かっちゃったな。

　でも、好きな人の家でお風呂に入るなんてドキドキしちゃうよ……。

　お風呂を出るとTシャツが用意されていたから、それを頭から被った。

「わ、ぶかぶか……」

　凪くんのものらしく、太ももの真ん中あたりまですっぽり覆われる。

　なんだか凪くんに包まれているみたい。

　下は用意されていなかったから、そのまま出ると。

「お、ピッタリじゃん」

　でも、足元がスースーして恥ずかしい。

「スカートと同じくらいの長さだから問題ないよね？」

「うん、これで大丈夫だよ。ありがとう」

「じゃあ俺入ってくるから、テキトーにくつろいでて。あと、あったかい紅茶入れておいたから」

　そう言うと、今度は凪くんがお風呂場に消えた。

　絨毯の上に座って、紅茶をいただく。

　6階からの眺めはとてもよくて、街全体が見渡せた。

　雨はもう上がったみたいだけど、普通ならまだ明るいのに今日は天気が悪いせいかすごく暗く感じる。

　うちは割とごちゃごちゃと色んなものが置いてあるけど、この家のリビングはとってもシンプル。

　凪くんは毎日ここで生活しているんだなあ。そう思うとなんだか不思議な感じがする。

　　やがて戻ってきた凪くんの手にはドライヤーが握られて
いた。
「髪乾かした方がいいよ」
「ありがとう」
　　ドライヤーを受け取ろうとしたら、凪くんは私の髪に触
れてドライヤーのスイッチを入れた。
「え、あのっ私自分で……」
「いいから俺にやらせてよ」
　　凪くんは私の後ろにあるソファに座り、髪に指を通しな
がら器用に乾かしていく。
　　うわあ、凪くんに髪を乾かしてもらうなんてどきどきし
ちゃう。
　　でもすごく気持ちがいい。
　　目を閉じてうっとりされるがままになっていると。
「乃愛の髪、すごくきれい」
　　いつの間にか乾かし終わっていたみたい。
　　凪くんが髪をすくい、チュって口づけた。
「乃愛、こっちおいで」
　　そして、ソファの上から両手をひろげた。
　　どくんっ。
　　今は凪くんとこの家にふたりきり。
　　そんな状況が余計に緊張を煽るけど。
　　私は、凪くんが広げた手の中にちょこんと座った。
　　足が丸見えで恥ずかしい。
　　気持ちＴシャツの裾を引っ張る。

「乃愛、すごくいいにおいがする」

「そ、そうかな。でも、凪くんのおうちのシャンプーとか
を借りてるんだから、凪くんだっていいにおいがするはず
だよ」

　くんくんと、凪くんの首元に鼻を近づけると。

「可愛い」

　ほっぺたを両手で挟んできた。

　んんっ!?

　そこに凪くんの顔が近づいてきて、タコみたいになった
私の口に自分の唇を押し当てた。

「ん————っ」

　やだ。私今絶対にブサイクだよ……。

　こんな状況でキスするなんて。

　しかも、真っ赤になってると思うから本当のタコだ。

　ドンドンと凪くんの胸をたたくと、今度は食べるように
私の唇を奪っていく。

　うひゃっ！

「ははっ、可愛い」

　何度も繰り返すその行為に、なんだか遊ばれてるような
気になる。

「ん——」

　足をバタバタさせると、ようやく両手を離してくれた。

「凪くんのイジワル……」

　ちょっとふてくされてみれば。

「これでも全然乃愛が足りないんだけど」

　同じように、唇を尖らせて不満そうな凪くん。

　私も……凪くんが足りない。

　じっと見つめあう私たち。

　薄茶色の瞳がすごくきれいで、吸い込まれちゃいそう。

「ねえ乃愛」

「……な、に？」

「乃愛がほしい。だめ？」

「……っ、だめじゃない」

　そう言うと、薄茶色の瞳が大きく見開かれて。

　ふっと優しく笑うと軽々私を抱き上げ、別の部屋に連れていかれた。

　ここ、凪くんの部屋……？

　辺りをゆっくり見渡す暇もないまま、下ろされたのはベッドの上。

　凪くんが私の顔の真横に両手をついて見下ろしている。

「もう我慢できない」

　高鳴る胸はもう限界。

　私は、素直な気持ちを言葉にのせた。

「我慢……しなくていいよ」

「……っ、そこまで煽って待ってはナシだからな」

　凪くんはそう言うと優しくキスを落とし、そのキスはだんだん首元へと下がり。

　Ｔシャツをまくり上げられれば、肌にキスの嵐をふりそそぐ。

「んっ……」

　声が出ちゃって必死に抑えようとしていると。
「声、我慢しないでいいよ。もっと聞かせて」
　そんな煽りに、ドキドキは加速していくばかり。
　いつの間にかＴシャツは脱がされ、凪くんもＴシャツを脱ぎ捨てる。
　薄暗い部屋。私の上で浮かび上がる凪くんの輪郭。
　……ドキドキはもう最高潮。
　凪くんはすごく優しかった。
　ゆっくりゆっくり時間をかけて、愛してくれて。
　私たちは初めてひとつになった──。

　あまりに幸せすぎて、私は凪くんの胸の中でまどろんじゃって。
「……ん」
　目が覚めた時は、すでに部屋の中は真っ暗だった。
「起きた？」
　目の前から、凪くんの声。
「やだごめんっ……私寝ちゃって……」
「大丈夫だよ。乃愛の寝顔、すごく可愛かったし」
　そう言って、髪を撫でてくれる。
　その……初めて凪くんと結ばれて、そのまま寝ちゃうなんて……ああ……。
　ほんとうは幻滅してたりしないかなって不安になったけど。
「もっともっと乃愛が大好きになった」

ぎゅっと抱きしめてくれた。

　素肌の凪くん。体温が直に伝わる。

「可愛い、好き、大好き」

　恥ずかしげもなく、いつも凪くんは私への想いを口にしてくれる。

　だから私も凪くんへの好きがあふれていく。

　好きなんて感情がなければ良かったのに、なんて思ったこともあったけど、やっぱりそういう感情があるから、私は今こんなに幸せなんだ。

　凪くんを好きになってよかった。

　だから私もこれからいっぱい伝えたいな、自分の気持ちを。

「私も凪くんが大好き」

　そう口にすれば、ちょっと驚いて目を丸くした凪くん。

　そんな彼の唇に、私からキスをした。

＊fin＊

書き下ろし番外編

ダブルデート

「うわっ、めっちゃ美男美女カップル」

「ほんとだー」

　そんな声が、遠慮もなしに聞こえてくる。

　私の隣で不機嫌そうな顔をしているのは……嶺亜。

「なんか居心地わりぃなあ」

「そ、それは私だっておなじだよっ」

　私も悔しくて膨れてみた。

　今日は、私と凪くん、嶺亜と萌花ちゃんの4人で初めてのダブルデートなんだけど。

　待ち合わせの駅まで嶺亜と一緒に来て待っていたら、道行く人たちにカップルと間違われちゃったみたいなんだ。

　私たちは二卵性だから顔は似てないし、双子はおろか、兄妹なんて思わないよね。

　嶺亜のその顔が、がらっと変わったのは。

「おー、こっちこっちー！」

　萌花ちゃんの姿が見えた瞬間。

「おはよっ、ごめんね、お待たせしちゃって」

「全然待ってねーって、な？」

　嶺亜がニコニコと同意を求めてくる。

　……さっきまでの不機嫌はどこへやら。

　それほど、萌花ちゃんのことが好きなんだなあ。

「萌花、そのスカートめっちゃ可愛い」

「嶺亜くんだって、すごくかっこいいよ」

　見つめあって褒めあうふたり。

　ああ……。

　熱くてヤケドしそうだよ。

　そんなふたりからそっと離れると、小走りで凪くんがやってくるのが見えた。

　どくんっ。

　途端に胸が高鳴る。

　凪くん、かっこいいなあ。

　自分の彼氏に見惚れるなんて、おかしいかな？

「お待たせ！」

「凪くんおはよう」

　嬉しくて、頬がだらしなくゆるんじゃう。

　嶺亜と萌花ちゃんのことなんて言えないや。

　結局、恋をすると誰だってバカみたいになっちゃうのかもね。

　それから私たちは、電車に乗った。

　今日は遊園地に行くことになっているんだ。

　電車は少し混雑していて、私と凪くんは、ドア付近に立っていた。

「楽しみで昨日全然寝れなかったわー」

　そんなことを言う凪くん、子どもみたい。

　でも、私とのデートを楽しみにしてくれてたんだと思うとすごく嬉しい。

「わーっ、観覧車！」

　30分くらい電車に揺られると、窓の外に大きい観覧車が見えてきた。

　これから行く遊園地の観覧車だ。

　この遊園地は、小学校のときに家族で来て以来。

　思わずはしゃいだ声を出しちゃうと、凪くんにふふっと笑われた。

「子どもみてーだな」

「遊園地に行くとみんな子どもになるんだよ！」

「じゃああれ、暗くなったら乗る？　夜景がきれいに見えそうだし」

「うん、乗るっ！」

　思いっきりうなずいた私を見て、また凪くんは笑った。

「最初なに乗ろっかー」

　パークに入り、園内マップをのぞき込む嶺亜と萌花ちゃん。

　もう2年つき合ってるカップルとは思えないくらいほほえましくて、そんなふたりをついじーっと見ちゃう。

「えーっと、この最長最恐コースターは絶対乗りたいなあ」

「よしっ、じゃあ一発目にこれ行くか」

「うん、賛成！」

　でも、そんなふたりの会話に、ハッとした。

　うそっ。

　あれ乗るの……。

　目線を上にあげれば、「ぎゃ———」っていう絶叫と

ともに、赤いコースターが頭上を通過した。

　CMでも、この遊園地の目玉アトラクションとして流れ
てる。

　私はぶるるるっと武者震い。

　実は私、絶叫系が苦手なの。

　萌花ちゃんもてっきり仲間かと思ってたのに……人って
見かけによらないんだな。

「さんせーい」

　凪くんまでノリノリ。

　ど、どうしよう。

　ここで乗れないなんて言ったら、空気壊すよね。

「乃愛、いい？」

「う、うんっ」

　私は仕方なく、みんなの意見に賛同した。

　人気のアトラクションだけあって、待ち時間は40分。

　その間はポップコーンを食べたり、みんなでわいわいお
喋りをしてたんだけど。

「乃愛ちゃん、どうしたの？　なんだかそわそわしてな
い？」

　だんだん口数が減っていく私に、萌花ちゃんからするど
い突っ込みが。

「へっ、そ、そんなことないよ」

　なんて言いながら、実は足が震えて止まらない。

　順路に時々出てくる「退出口」を見ると余計に。

　そんなに怖いのかなって。

　そしてついに、私たちの順番が来てしまった。

　前に嶺亜と萌花ちゃん。

　そのうしろに私と凪くんが乗り込んだ。

　バーを下ろしてベルトを締めて。

　私はぎゅっとバーを握りしめて固まっていた。

「楽しみだな～……乃愛、どうしたの？」

「……」

「乃愛？」

「へっ？」

「大丈夫？　顔真っ青だけど……って、まさか」

「じ、実は私っ……ジェットコースター苦手で……」

　思い切って、打ち明けた。

「え、マジっ!?」

　そんなやりとりに、前に座っていた嶺亜と萌花ちゃんが
振り返る。

「あーっ、そうだな。言われてみれば乃愛、ジェットコー
スターだめじゃん！」

「うそっ！　乃愛ちゃんごめんね、私知らなくて……」

　萌花ちゃんは申し訳なさそうな顔をする。

「う、ううん、いいの」

　これからワクワクのスタート……っていうときに、微妙
になる空気。

　ピー──。

　その時、出発を伝えるベルが鳴った。

「わあっ……」

　もう逃げられないっ……。

　私がバーを握る手に力を入れると、

「大丈夫、俺がついてるから」

　左側に座る凪くんが、その上に自分の手を重ねた。

「ありが……とう」

　そう言ってくれたら、少し気持ちが落ち着いた気がした。

　ガコンッ！

　体がガクッと振られて、コースターが動き始める。

　カタカタカタ……と、音を立ててレールを登っていく
コースター。

　ばっくんばっくん。

　私の鼓動もどんどん大きくなっていく。

「わあっ、あ〜〜っ！」

「ははっ、まだ全然怖くないって」

　動き出してすぐ雄たけびを上げる私に、凪くんは今にも
ふき出しそう。

　だって〜。

「俺のここに顔つけときな」

　凪くんはそう言って、肩に私の顔をうずめさせる。

　その直後、コースターは急降下した。

「し、死ぬかと思った……」

　フラフラ歩く私は、凪くんに支えられていた。

　なんとか無事にアトラクションは終わったけど、怖さは

半端なくてずっと叫んでた。

　最後の方はもう声すら出なくて、ただ目をつむって、息をするので精いっぱいだった。

　近くにあったベンチに、私は座りこむ。

「乗れないんだったら先に言えよなー」

　嶺亜は文句ブーブー。

「つうか、嶺亜もそんくらい覚えとけよ。仮にも双子だろ？」

　凪くんってば優しいな。

「そうだよ。ちゃんとわかってあげてないと」

「なっ、俺のせい!?」

　萌花ちゃんにも言われたとたん、しゅんとなる嶺亜。

「で、でもさっ、これが一番怖いやつなんだろ？　だったらもうなんでも乗れるだろ、ははっ」

「嶺亜くんっ！」

　萌花ちゃんに怒られて、今度こそ嶺亜は黙った。

　あの嶺亜も、萌花ちゃんには弱いんだなあなんて思ったら、少し笑う余裕が出てきた。

「俺、なんか飲み物買ってくるわ。みんなの分もテキトーに買ってくるから」

　凪くんが、私の隣から立ち上がる。

「ひとりじゃ持てないだろ。俺も行く。萌花、悪いけどついててやって」

「うん、もちろん」

　ベンチに座る私と萌花ちゃんを残して、ふたりは売店まで走っていった。

「ふ〜」

　ベンチに手をついて前かがみに座る私を、萌花ちゃんがタオルで仰いでくれる。

「大丈夫〜？　ほんと、言ってくれたらよかったのに」

「ごめんねえ。でも、せっかくのデートなのに、私が乗れないなんて言ったら雰囲気壊れるかなって」

「乃愛ちゃんてば気をつかいすぎだよぉ」

「ごめんねえ……」

　結局、雰囲気を壊さないどころか、私のせいでみんなに迷惑かけちゃってるもんね。

　あーあ、私ってばほんとダメダメだ。

　それにしても気持ち悪いなあ。

　まだ内臓がぐるぐるしてる。

　かがんでいると、頭上から声が聞こえてきた。

「キミたち何やってるの？」

　凪くんでも嶺亜でもないその声に顔をあげれば。

　見知らぬチャラそうな男の人ふたりが目の前に立っていた。

「ねえ、どっから来たの？　高校生だよね」

　萌花ちゃんの隣に座った金髪男子は、慣れ慣れしく肩に手をまわした。

「あのっ、か、彼氏と来てるんで」

　萌花ちゃんがひき気味に、それでもやんわり答える。

「彼氏って高校生？　そんなガキっぽい彼氏なんてやめなよ。俺らK大なんだ」

　そんなことに聞く耳も持たない彼らは、得意げにそう言ってきた。

　K大といえば、超有名大学。

　洋服もブランド物なのか、遊園地に遊びに来るにしては、ちょっと不釣り合い。

「帰りも車で送ってあげるよ」

　もうひとりのロン毛男子が、私の隣に座って手を握ってきた。

　うわっ！

　おかげで気持ち悪さなんて一気に醒めた。

「結構です。萌花ちゃん、行こうっ」

　私は萌花ちゃんの手を取って、立ち上がる。

「おっと」

　でも行く手を阻むしつこい男の人。

「そいつらなんかよりぜってー俺らの方がいいって、ね、乗り換えよ？」

　ええっ？

　彼氏と来てるって言ってるのに引き下がらないってどういうこと？

　そのとき。

「おいっ」

　ロン毛男子のシャツをつかみ、くるっと向こうに振り向かせたのは。

　──凪くん。

　まるで、漫画のヒーローみたいに颯爽と現れた。

「俺の彼女に何してんの？」

　ドキッ。

　普段は出さないような低い声で、威圧する凪くん。

　男の人は大学生みたいだけど、凪くんの方が背も高いし大人っぽく見える。

「え、君が彼氏なの？」

「そうだよ、なんか文句あんのかよ」

「べ、べつに〜」

　彼はへらっと笑うと、同じように嶺亜に胸倉をつかまれている金髪の彼に声をかけて、その場を逃げるように去っていった。

　思ったより凪くんがかっこよくてビックリしたのかな。

　私はほっと肩をなでおろす。

「ちょっと目をはなしたらこれだもんな。さすがだわ」

　凪くんは、あきれてるのか褒めてるのか、ちょっと微妙なニュアンス。

「あれ？　気持ち悪いの直ったの？」

「あ、ほんとだ……！」

　不思議と気分はすっかり良くなっていた。

　さっきのナンパ男子のおかげだ。

　私がへへっと笑うと。

「もう、俺のそばを離れんなよ」

　ぎゅっと手を握られた。

　凪くんが買ってきてくれた飲み物のおかげもあって、

すっかり気分は回復した。

　そのあと、私でも大丈夫そうな乗り物にみんなでいくつか乗って。

「お待たせ～」

　私と凪くんは、買ってきたピザやポテトの乗ったトレーをテーブルの上に置いた。

　これから、屋根のついたテラスでお昼ごはん。

　今日は秋晴れって言葉がピッタリのいいお天気だから、外でも気持ちがいいんだ。

「いただきまーす」

　沢山遊んだらお腹がすいちゃった。

　朝一の気持ち悪さなんて忘れちゃったくらい元気になった私は、さっそくピザを口に運ぶ。

　うん、美味しい！

　ちょっと遅いお昼ご飯を、みんなで楽しく食べていると。

「水島さんは、嶺亜のどこを好きになったの？」

「ゴホッ──」

　唐突なそんな凪くんの質問に、わかりやすく嶺亜が動揺した。

　ピザを喉に詰まらせたのか、胸をどんどんとたたく。

「おまっ、なに変なこと聞いてんだよ！」

　ドリンクを飲んで呼吸を整えて。嶺亜は凪くんに噛みつくように言った。

「私も聞きたいなあ」

　私がポツリとつぶやけば、嶺亜にギロッとにらまれる。

　ふふふ。

　嶺亜の弱みって、萌花ちゃんだもんね。

　普段は勝てるところなんてないけど、萌花ちゃんのことになると、途端に余裕なくなるし。

「はずかしいよっ」

　そんな中、萌花ちゃんは可愛らしく体をくねくねさせる。

　顔は真っ赤。

「だよねっ、ごめんごめん」

　そういうの言いたくないよね、しかも本人の前で。

　私は両手を合わせた。

「そういうこと言ってると、おまえにも言わせるからなー」

　同じように真っ赤になりながら嶺亜が言えば。

「ああいいよ。俺はいくらでも言えるよ。乃愛は見てのとーり可愛いし、優しいし、反応も可愛いくて面白いし、そういうとこぜーんぶ好きだけど？」

　な、凪くんっ!?

　今度は私がピザを詰まらせる番。

　こんな風に堂々と、人前で私の好きなところを並べられたら恥ずかしくてたまらないよっ。

　私はジュースをごくごくっと飲んで、そーっと顔を凪くんから背けた。

「あと、乃愛はメッチャ料理がうまいんだよ」

　なのに、また凪くんってばまたベラベラと。

「それなら萌花も負けてねえ。萌花が作ってくれる弁当めっちゃうまいし」

　すると、恥ずかしそうにしていた嶺亜まで、競うように
して萌花ちゃんの自慢を始めた。

「ふんっ、俺だって弁当作ってもらったし」

「可愛さだったら萌花の方が上だろ？　もう女子の中の女
子なんだよ。女子力は半端ないしな」

「いーや、乃愛の仕草見てみ？　メッチャ女子だし！」

　いつの間にか、張り合ってるふたり。

　恥ずかしいっていうより、笑いそうになりながら萌花
ちゃんとそんなふたりを眺める。

　こういうのは、本人のいないところでやってほしいよ。

「乃愛ちゃん、どうしよっか」

「ほうっておこう」

「そうだね」

　その間私と萌花ちゃんは、ポテトをむしゃむしゃ食べて
いたのでした。

　お昼を食べた後。

「じゃあここからは別行動するか」

　なんて、凪くんが提案した。

「おう、そうしようぜ」

　嶺亜は軽く同調するけど、なにも聞いてない私はビック
リ。

　萌花ちゃんも、同じような反応。

「嶺亜たちは絶叫系乗ってこいよ」

「じゃあそうする。萌花、行こうぜ」

　嶺亜はうれしそうに、萌花ちゃんの手を引いて立ち上がる。

　そっか、そうだよね。

　私がいると絶叫系に乗れないもんね。

　ここはコースターが目玉の遊園地なんだし。

「萌花ちゃん行ってきてよ！」

「でも……」

　渋る萌花ちゃんの背中を押すと、「ごめんね」と小さく言って、ふたりは私たちから離れていった。

「ごめんね……凪くんも絶叫系乗りたいでしょ？　私待ってるから行ってきていいよ」

　そう言うと、凪くんはグッと顔を近づけて。

「は？　何言ってんの？　俺は乃愛とふたりきりになりたかったんだよ」

　チュ。

　私の耳たぶにキスをした。

「……っ!!」

　ひゃあ～～。

　こんなに人の沢山いるところで……。

　カップルはもちろん、近くには家族連れだって。

　よくよく聞くと、凪くんと嶺亜の間では、途中から別行動しようって打合せしていたみたい。

　そして、このまま帰りももう別々なんだと聞いてビックリしちゃった。

　私たちはそれから、池にいる鯉にエサをあげたり、園内

をゆっくり散策したり、メリーゴーランドやコーヒーカップに乗った。

　小さいころにはよく乗っていたけど、小学校高学年にもなると恥ずかしくて乗らなくなっていた。

　でも、凪くんと一緒に乗ったらすごく楽しかった。

「お手洗いに行ってくるね」

「じゃあここで待ってる」

「うん」

　そろそろリップも塗りなおしたいなあと思っていたから、トイレへ行って身だしなみを整えから出ると。

　かべに寄りかかる凪くんが、何かをじっと見ていた。

　すごく優しい笑顔。

　何を見てるんだろう……。

　たどった視線の先には。

　赤ちゃんの乗ったベビーカーを押したお母さんと、３歳くらいの男の子と手をつなぐお父さんがいた。

　男の子は肩車をせがみ、お父さんは男の子を抱え上げるとひょいっと肩にのせた。

　男の子は足をバタバタさせながら、嬉しそうにきゃっきゃとはしゃぐ。

　そんな様子を、スマホのカメラに収めるお母さん。

　幸せそうな家族……。

　私も昔はお父さんによく、肩車をしてもらったっけ。

　そんなことを思い出しながら私もニコニコして、はっと

気づく。

　……凪くんには、そんな思い出はないのかもしれない。

　凪くん、なにを思って見てるんだろう。

　前に聞いた、凪くんの家族背景を考えると、今声をかけるのもためらってしまい、その家族が見えなくなって、凪くんがスマホに目を落としたところで声をかけた。

「お待たせ」

　凪くんはにこやかに笑うと、「おう」と手をあげた。

「そろそろ観覧車乗ろうか」

　凪くんがそう言ったのは、閉園１時間前。

　15分くらい並ぶと、ピンクのゴンドラに乗り込めた。

「行ってらっしゃいませ～」

　係の人が扉をしめると、外の音が一気に遮断された。

　観覧車の中には、オルゴールの音色が小さく流れている。

　もうここはふたりだけの世界。

「今日は楽しかったな」

　隣り合って座り、手を絡めてくる凪くん。

　私もそっと握り返す。

　あったかい体温が繋がって、それだけで幸せな気分になった。

　木々の間からは、夜空の星がきれいに見える。

　とてもロマンチックで、気分も盛り上がる。

「すごいねー！　あれ、スカイツリーじゃない？」

「ほんとだー。すげー」

　てっぺんに近づいてくると、森が開けて都会の夜景が目の前に広がった。

　どこかを照らすあかりの集合体は、まるでクリスマスのイルミネーションのよう。

「キレイだねえ〜」

　普段見られない景色にはしゃいでいると、凪くんの唇が、ふいに私の唇に重なった。

　そのまま、お互いを温めあうようにしばらく抱き合う。

「今日さ、ここに俺の理想の家族がいたんだ」

「理想の家族……？」

　私は、凪くんの胸から顔をあげた。

　あ、もしかして。

　私がトイレから出た時に、凪くんがじっと見ていたあの家族かな？

「お父さんが子どもを肩車してあげてさ、子どもはすっごくはしゃいでて笑顔だった」

「うん」

「俺も、そんな家庭を将来作りたい」

　凪くんが私を見る目は真剣で、思わずどきっとした。

　だって、それってまるで……。

「もちろん、乃愛と」

「……っ」

「まだ先の話だけど、俺がもっと大人になって、一人前になったら」

「……」

「俺と結婚してくれる？」

　これって、プロポーズ？

　ドキドキしすぎて心臓が破裂しそうだけど。

　私の答えなんて決まってる。

「……はい」

　迷うことなく答えると、優しいキスが降ってきた。

　自分の将来なんてぜんぜんわからないけど、きっと５年後も10年後も、凪くんを好きなことだけは変わらない。

　ふたりで歩く未来を信じて、私は今日の日を一生忘れないと心に誓った。

誕生日のサプライズ

「送ってくれてありがとう」

「離れたくねえなあ」

　なごり惜しそうに、凪くんが私の両手をぎゅっと握った。

　今日は、私の誕生日。

　ちょうど土曜日だったから、1日デートしてたんだ。

　映画を見て、ショッピングモールをぶらぶらして、美味しいランチを食べて。

　プレゼントには、とっても可愛いネックレスをもらった。

「……私も」

　あったかい凪くんの手。

　11月下旬にもなればすっかり冷え込みが強くなった。

　手から伝わるぬくもりが温かすぎて、離したくなくなっちゃう。

　こうしてたら、いつまでたってもバイバイ出来ない。

「しょうがねえな。今日は家族でパーティーなんだもんな」

「ごめんねえ……」

「謝んなって。ちゃんと誕生日に家族でお祝いしてもらえるって、当たり前のことじゃないし、家族にとっても大事な日だから」

「うん。ありがとう」

　そんな風に言ってくれる凪くんで良かった。

　我が家は、毎年誕生日は家族そろってお祝いすると決

まっている。

　当然、双子だから嶺亜も今日が誕生日。

　「萌花と夜まで過ごしたい」って言う嶺亜のワガママに、うちのルールをわかってくれてる萌花ちゃんに「家族とパーティーしなきゃダメだよ」ってたしなめられて、去年も渋々時間までに帰ってきたっけ。

「じゃあな」

　凪くんが、頭をポンポンとなでてくれて。

「今日はありがとう」

「おう。また学校で」

　来た道を戻っていった。

　あ……。

　キス、してくれなかったな。

　ちょっぴり残念。

　でも、私からキスをせがむなんて恥ずかしくてムリ。

　誕生日だったけどお預けか。

　やっぱりバイバイの瞬間は、寂しくて、小さくなっていく凪くんの背中を見つめながら、胸がぎゅうううってなった。

　嶺亜の気持ちが初めてわかった。

　家族との誕生会も大事だけど、好きな人とはずっと一緒にいたいし、特別な日こそ強くそう思う。

　でも、仕方ないよね。

「寒いっ」

　ひとりで外に突っ立ていても寒いだけで、私は諦めて家

の中へ入った。

　しばらくすると、萌花ちゃんとデートをしていた嶺亜も帰ってきて。

　例年どおり、家族４人でケーキを囲み、私と嶺亜の誕生日をお祝いをした。

　お風呂を済ませ、ベッドの上にごろんと寝転がる。

　今日は楽しかったなあ。

　はじめての誕生日デートは、やっぱり特別だった。

　今日のために洋服も新しく買ったし、髪型もメイクもいつもより頑張った。

　だから、終わったら、気がぬけちゃったんだ。

　映画の半券を眺めたり、ネックレスの包みや買ったものをベッドに広げて、今日の思い出に浸る。

「あ〜〜」

　枕を抱きしめて、ベッドの上でバタバタしながら、凪くんのことを考える。

　楽しかったからこそ、やっぱり寂しさが襲ってくるんだ。

「会いたいなあ……」

　今日はキス、出来なかったし。

　特別な日だったからこそ、したかったなあ……。

　♪〜♪〜♪

　電話が鳴って、私は飛び起きるようにしてスマホを手に取った。

　画面に表示されていたのは、今ずっと考えていた凪くん

の名前。

　わっ……！

　胸がドクンッと鳴って。

「もしもしっ」

　ぴょんとベッドの上に正座をして、髪を整えながら応答した。

『乃愛？　何してた？』

　さっき別れたばっかりなのに、その声がとっても懐かしく聞こえる。

「えっと……て、テレビ見てたっ……」

　凪くんのこと考えてました……なんていうのは恥ずかしいもん。

　散らかったベッドの上を見ながら、さらっと嘘をついた。

『テレビ？　じゃあ邪魔しちゃったね。テレビの続き見ていいよ――』

「あああっ！　ぜんぜん大丈夫だよ！　今自分の部屋に行ったから！」

　私は慌ててスマホにかじりつき、焦って言った。

『ふはっ』

　電話の向こうで、凪くんが吹きだすのが聞こえる。

　もう……凪くんってば！

『俺はずっと乃愛のこと考えてたよ。……すっげー乃愛に会いたい』

　けれどすぐに甘い声で囁かれれば、私の気持ちも一気に高まる。

「私も……」

『ん？　なに？　よく聞こえない』

　ううっ。凪くんてばイジワルなんだから。

　絶対に聞こえてるのに。

　意地でも私に、会いたいって言わせようとしてる。

　でも、嘘じゃないから。

「凪くんに会いたい。会いたくて会いたくてたまんない
よっ」

　想いが爆発したように言っちゃった。

　面と向かったら恥ずかしくて絶対に言えないけど、電話
だし、ちょっと強気になれたんだ。

　電話の向こうは、一瞬静まり返る。

　……もしかして、ひいちゃった？

　少し不安になったとき。

『……っ、たく、んなこと言われたら……』

　──ガチャ。

　部屋のドアが開いた。

　うわ、誰!?

　凪くんとの電話中だから、いつも以上に驚いちゃう。

　えっ？

　そこに居た人をみて、私は固まる。

　次の瞬間、私の体がふわりと柔らかいものに包まれた。

　耳に当てたままだったスマホが、手から滑りおちる。

「つーか、あおりすぎでしょ」

　聞こえてくるのは、会いたくて会いたくてたまらなかっ

た愛しい人の声。

「……なぎ、くん……？」

　どうして？

　これは夢？

「驚かせてやろうと思ったのに、俺の方が完全に余裕なくなっちまった」

　そう言って、もっときつく抱きしめられた。

「ど、どういうこと……？」

　まだ頭が混乱中の私を、凪くんがゆっくり離す。

　そこにいるのは、やっぱり凪くんにまちがいない。

　私は、目をぱちぱちしながら尋ねた。

「今日は、嶺亜んとこに泊まりにきたの」

「嶺亜……？」

　そんなの知らない。

　いったいいつの間に……？

　驚きでいっぱいの私に。

「っつうのは口実で、本当は乃愛と一緒に夜を過ごしたかったから、嶺亜にたのんだんだ」

「うそっ……」

「嶺亜は、いーねそれってすぐにオッケーしてくれたよ」

　……嶺亜が？

「この計画は俺のためでもあり、乃愛のためでもあるんだ……って言うのはうぬぼれすぎか？」

　私は、ううん、と首を横に振る。

「そんなことないよ。私だって、凪くんと同じ気持ちだもん。

一緒にいたいって思ってた。家族よりも、一緒に過ごした
いって、こんな気持ち初めてで」

　素直な気持ちを口にすると、凪くんは驚いたように目を
開いたけれど、すぐに表情を柔らかくした。

　その視線が私の肩越しに向けられた。

「おっ？」

　慌てて振り向くと、ベッドの上には、今日の思い出たち
が散らかっていた。

「俺との余韻に浸ってたの？」

「こ、これはっ……！」

　ニヤリと笑う凪くんに、私は慌ててベッドの上のものを
かき集めた。

「テレビはどこに？」

　ううっ、イジワルなんだから……。

「ふーん。乃愛も、俺と離れたくなくて仕方なかったって
感じだよね」

「それはっ……」

「帰り際も、キスしてほしそうな顔してた」

「……えっ!?」

　私、どんな顔してたの!?

　思わずほっぺを両手で挟む。

「ふふっ、図星でしょ」

「……凪くんのイジワルぅ……」

　キスしてほしかったのは、ほんと。

　だけどっ……。

「イヤって言うくらいしてやるから」

「……んっ」

　後頭部に手を添えたかと思ったら、唇を重ねてきた。

　じっくりとお互いの唇の感触を確かめるように。

　私への想いが伝わってくるような優しさのつまったキス。

「んっ……」

　嬉しくて嬉しくて、凪くんをゆっくり感じる。

「やべえ、さっき我慢してたぶん、止まんねえよ……」

「んっ……我慢、してたの……？」

「当たり前だろ。俺が乃愛にキスしないでいられるかよ」

　優しい瞳で笑い、また唇を重ねる。

　……そっか。

　今この瞬間のために、凪くんは我慢してたのか。

　そう思ったら少しおかしくて、そしてほっとした。

　今度は、ちょっと荒々しいキスで、私はついて行くので精いっぱい。

「……んっ」

　凪くんのキスが深くなっていく。

「……んっ、はあっ……」

　必死について行く私は、呼吸が追い付かなくて、いっぱい声が漏れちゃって恥ずかしい。

「乃愛が可愛すぎて、もー俺おかしくなりそう」

　だんだんキスが深くなり、パジャマのボタンに手がかけられて、上から順に外される。

　前がはだけると同時に、私はベッドの上に押し倒された。

「今夜はここで一緒に寝よ？」

「えっ、一緒に!?」

　それはさすがにまずいんじゃ……。

「大丈夫。また嶺亜が見張っててくれてるから」

　それなら大丈夫かな……。

「う、うんっ」

　そうは言ったけど、なんだか恥ずかしいよっ。

「スリルがあって余計に燃えるかも」

　私の上で、怪しく笑う凪くん。

「……っ」

　ヘンなスイッチが入っちゃったみたい。

「もう我慢できない」

　そんなセリフに、もう私のドキドキは最高潮。

　だって、凪くんとこんな夜が過ごせるなんて、夢みたいだもん。

　凪くんは、体の色んな所にキスを落としていく。

「……んあっ……」

　声がでないように頑張っても、ときどき出ちゃって、私は手で口を押えて、必死に我慢した。

　家族全員がいる家の中でこんなこと。

　もし、お母さんたちに見つかったら一巻の終わりだよね。

　しかも、嶺亜には何をやってるかきっとバレてるし。

　そんな背徳と恥ずかしさの中、何度もおとずれる愛の波に、私たちはおぼれていく。

「乃愛、大好きだよ」

　大好きな人に包まれて、熱い誕生日の夜は更けていった。

　ピピピピピ。

　スマホのアラームが鳴った。

　目を開けると、隣にはすやすや眠る凪くん。

　夜のことを思い出したら、急に恥ずかしくなってくる。

　でも、浸ってる場合じゃないよね。

「凪くん」

　肩をそっと揺さぶると、目を開けた。

「もう5時半だよ」

「うーん、もう朝かー」

　まだ眠たそうな目をこすりながらあくびをする。

　お母さんたちが起きる前に嶺亜の部屋に戻った方がいい
と、この時間にアラームを掛けておいたんだ。

「乃愛と一緒だったから安心してぐっすり眠れた」

　そう言って、チュってくちづけされた。

「うん……私も……」

　うれしくって、にやける顔を抑えられない。

　誕生日の夜に一緒に過ごせたなんて、すごく特別だもん。

「そろそろ嶺亜の部屋に行かないと」

　だけど、お母さんたちが起きちゃったらと思うとヒヤヒ
ヤする。

「あー、戻りたくねえ。ずっとこうしててぇ」

　そんなワガママを言って、ぎゅっと抱きしめられる。

「私だってこうしてたいけど……」

「じゃあ、あと５分だけこうさせて」

　凪くんは私を胸の中に閉じ込めて、目をつむる。

　大丈夫かな？

　寝過ごしちゃったら大変だけど……。

　でも、その穏やかで幸せそうな寝顔を見ていたら、私も離れたくなくて。

　５分後に次のアラームが鳴るまで。

「……うん。あと５分だけ」

　私も凪くんの腕に抱かれて、そっと目を閉じた。

＊fin＊

☆

afterword

あとがき

　萌花（以下、萌）「わわわっ。これ、なに喋ったらいいのかな？」

　嶺亜（以下、嶺）「やっと俺たちの出番が来たか。登場が少なくて不満だったんだよ」

　萌「それはしょうがないよ。乃愛ちゃんと新城くんのお話だもん」

　嶺「それが不満なんだよ。俺たちにだって書いてもあまるくらいのエピソードがあるのになあ？」

　萌「ふふっ。でも、恥ずかしいから私はこれくらいでちょうどよかったよ。それよりも、嶺亜くんがあんなにシスコンだったなんてびっくりしちゃった」

　嶺「はあ？　どこがシスコンなんだよ。凪もそう言ってたよな。言いがかりだろ。ここでしっかり誤解を解いておかないと」

（萌・乃愛・凪・作者一同真顔）

　萌「……そ、それより、新城くんてどれだけ乃愛ちゃんのことを好きなのって感じだよね。ふふっ」

　嶺「俺は？　俺の萌花への愛は感じてる？」

　萌「えーっと……」（照れている）

　嶺「さっきから凪の話ばっかでつまんねえし」

　萌「だ、だって、ふたりのお話のあとがきだから」

　嶺「んなのムシムシ。せっかく俺らの出番なんだから、

ここぞとばかりにたっぷり愛し合おうぜ」

　萌「ええっ!?　わ、私はそんなつもりは……」

　嶺「俺がどんだけ萌花のこと好きか知ってんの？」

　萌「えっと……」

　嶺「だったら今からわからせてやるよ」

　萌「へっ！？　あの、ちょっ……あとがき……きゃっ！」

　──ドサッ！（嶺亜が萌花を押し倒す音）

　……ということで、この辺で自主規制します。

　こんにちは、作者のゆいっとです。

　この度は、『溺愛王子は地味子ちゃんを甘く誘惑する。』を手に取ってくださり、ありがとうございました。

　いかがだったでしょうか？

　今回は、男女の双子に地味子ちゃんなど、設定をすごく楽しみながら書くことが出来ました。この本を読んで、少しでも楽しい時間を過ごしてくださっていたらとても嬉しいです。

　最後になりますが、とってもキュートで胸キュンなカバーと挿絵を描いてくださった森乃なっぱ先生、素敵に仕上げてくださったデザイナー様、どうもありがとうございました。この本に携わってくださった皆さまに、深く感謝申し上げます。

2021年5月25日　ゆいっと

作・ゆいっと

栃木県在住。自分の読みたいお話を書くのがモットー。愛猫と戯れること
が日々の癒やし。単行本版『恋結び〜キミのいる世界に生まれて〜』（原題・
『許される恋じゃなくても』）にて書籍化デビュー。近刊は『どうか、君の
笑顔にもう一度逢えますように。』、『溺愛したがるモテ男子と、秘密のワ
ケあり同居。』など（すべてスターツ出版刊）。

絵・森乃なっぱ（もりの　なっぱ）

東京都出身。少女漫画誌「りぼん」（集英社）で活躍する少女漫画家。趣
味は動画を見ることと、洋服を買うこと。代表作は『ラブゾンビ!?』（集英
社刊）シリーズ。

ファンレターのあて先

〒104-0031

東京都中央区京橋1-3-1

八重洲口大栄ビル7F

スターツ出版（株）書籍編集部 気付

ゆいっと 先生

この物語はフィクションです。
実在の人物、団体等とは一切関係がありません。

KEITAI
SHOUSETSU
BUNKO
野いちご SINCE 2009

溺愛王子は地味子ちゃんを甘く誘惑する。
2021年5月25日　初版第1刷発行

著　者　ゆいっと
　　　　©Yuitto 2021

発行人　菊地修一

デザイン　カバー　ナルティス（粟村佳苗）
　　　　　フォーマット　黒門ビリー＆フラミンゴスタジオ

DTP　久保田祐子

編　集　相川有希子

編集協力　本間理央

発行所　スターツ出版株式会社
　　　　〒104-0031　東京都中央区京橋1-3-1　八重洲口大栄ビル7F
　　　　出版マーケティンググループ　TEL03-6202-0386
　　　　（ご注文等に関するお問い合わせ）
　　　　https://starts-pub.jp/
印刷所　共同印刷株式会社
Printed in Japan

ISBN　978-4-8137-1091-2　C0193

ケータイ小説文庫　2021年5月発売

『溺愛王子は地味子ちゃんを甘く誘惑する。』ゆいっと・著

高校生の乃愛は目立つことが大嫌いな、メガネにおさげの地味女子。ある日お風呂から上がると、男の人と遭遇！　それは双子の兄・嶺亜の友達で乃愛のクラスメイトでもある、超絶イケメンの凪だった。その日から、ことあるごとに構ってくる凪。甘い言葉や行動に、ドキドキは止まらなくて…？

ISBN978-4-8137-1091-2
定価：649円（本体590円＋税10%）

ピンクレーベル

『超人気アイドルは、無自覚女子を溺愛中。』まは。・著

カフェでバイトをしている高2の雪乃と、カフェの常連で19歳のイケメンの颯は、惹かれ合うように。ところが、颯が人気急上昇中のアイドルと知り、雪乃は颯を忘れようとする。だけど、颯は一途な想いをぶつけてきて…。イケメンアイドルとのヒミツの恋の行方と、颯の溺愛っぷりにドキドキ♡

ISBN978-4-8137-1093-6
定価：671円（本体610円＋税10%）

ピンクレーベル

『今夜、最強総長の熱い体温に溺れる。～DARK & COLD～』柊乃なや・著

女子高生・瑠花は、「暗黒街」の住人で暴走族総長の響平に心奪われる。しかし彼には忘れられない女の子の存在が。諦めたくても、強引で甘すぎる誘いに抗えない瑠花。距離が近づくにつれ、響平に隠された暗い過去が明るみになり…。ページをめくる手が止まらないラブ＆スリル。

ISBN978-4-8137-1092-9
定価：649円（本体590円＋税10%）

ピンクレーベル

『君がすべてを忘れても、この恋だけは消えないように。』湊祥・著

人見知りな高校生の栞の楽しみは、最近図書室にある交換ノートで、顔も知らない男子と交換日記をすること。ある日、人気者のクラスメイト・樹と話をするようになる。じつは、彼は交換日記の相手で、ずっと栞のことが好きだったのだ。しかし、彼には誰にも言えない秘密があって…。

ISBN978-4-8137-1094-3
定価：649円（本体590円＋税10%）

ブルーレーベル